Wang Zengqi
Selected Works

《汪曾祺别集》编辑委员会

顾问:汪 明 汪 朝
主编:汪 朗
编委:苏 北 龙 冬 顾建平 徐 强
　　　陶庆梅 杨 早 凌云岚 王树兴
　　　宋丽丽 汪 卉 齐 方 李建新

汪曾祺别集

汪 朗 主编

桥边散文

李建新 编

浙江文艺出版社

作者,约二十世纪八十年代末

一九九六年,作者在虎坊桥新居书房

作者夫妇与朱德熙(中)

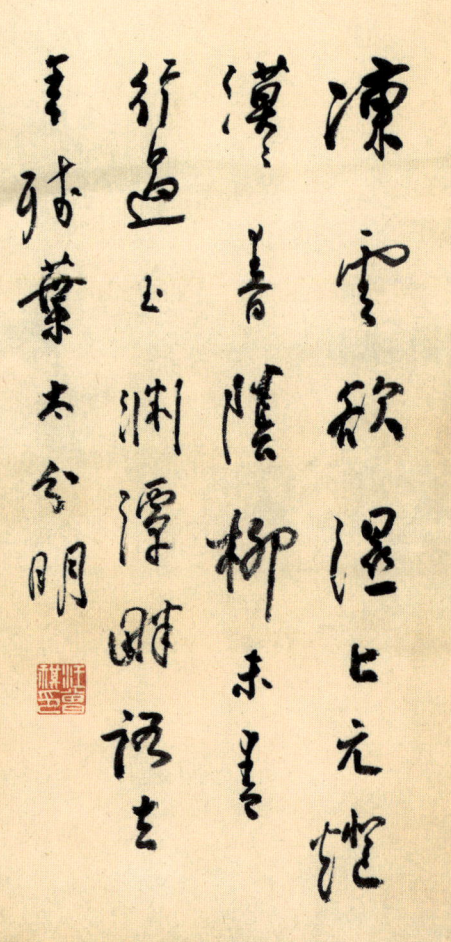

作者书自作诗

出版说明

二〇二〇年是作家汪曾祺先生诞辰一百周年。为纪念汪先生，我们编选了这套《汪曾祺别集》。

汪曾祺的老师沈从文先生辞世后，家属借岳麓书社提议出版沈先生作品的机会，与吉首大学沈从文研究室合作，编选了一套二十册袖珍本集子，并根据汪曾祺先生的建议，定名为《沈从文别集》。这套选本款式朴素大方，编选方面的特别处在于，除了旧作，每本书前面增加了一些杂感、日记、检查、书信，以帮助读者更全面地理解作者和他的作品。

《汪曾祺别集》即参照《沈从文别集》的体例，从目前所见的汪曾祺全部作品中精选出二十册小书，在纪念汪先生的同时，向沈先生致敬。

本书大致依体裁、主题分集,希望在编辑、校订方面尽可能精审,遵循的基本原则如下:

一、以初版本或作者改订本为底本,参校以初刊本,作者手稿、手校本。不论所据底本为何种形式,全书统一为简体横排,标点符号统一为新式标点。

二、底本误植处,据校本或上下文可明确推断所误为何,由编者径改;底本与他本相抵牾而无法判断者一仍其旧。

三、可见作者习惯的异体字不做改动;通假字,侧重记音的方言用字,象声词,及外国人名、地名译法,仍存旧貌;意义完全相同的同一字,及同一人、地、物名,在同一篇内保持一致。

四、在早期作品中,作者习惯使用或现代文学创作中尚不规范的"的"、"地"、"得"、"做"、"作"、"那"、"哪"等词用法,不强做规范处理。

五、全书中的数字,除特殊情况外,统一为中文数字形式。

六、题注、收信人简介以仿宋体排于篇首页页下。正文中作者原注和编者注均以脚注形式标在当页。作者原注排为宋体;编者所做的必要注释以"编者注"字样标出,排为仿宋体。

七、独立成段的引文统一使用仿宋体，另行起排，段首缩进两字。

八、每篇文章的题注以脚注形式标在篇首页，排为仿宋体。所注信息包括初次发表时间、报刊名（初刊），初版图书名（初收）等。涉及的初版图书包括以下版本：

《邂逅集》，文化生活出版社一九四九年四月版；

《羊舍的夜晚》，中国少年儿童出版社一九六三年一月版；

《汪曾祺短篇小说选》，北京出版社一九八二年二月版；

《晚饭花集》，人民文学出版社一九八五年三月版；

《汪曾祺自选集》，漓江出版社一九八七年十月版；

《晚翠文谈》，浙江文艺出版社一九八八年三月版；

《茱萸集》，联合文学出版社一九八八年九月版；

《蒲桥集》，作家出版社一九八九年三月版；

《旅食集》，广东旅游出版社一九九二年四月版；

《世界历史名人画传·释迦牟尼》，江苏教育出版社一九九二年七月版；

《汪曾祺小品》，中国人民大学出版社一九九二年十月版；

《中国当代作家选集丛书·汪曾祺》，人民文学出版社一九九二年十二月版；

《汪曾祺散文随笔选集》，沈阳出版社一九九三年六月版；

《菰蒲深处》，浙江文艺出版社一九九三年六月版；

《榆树村杂记》，中国华侨出版社一九九三年九月版；

《草花集》，成都出版社一九九三年九月版；

《汪曾祺文集》（五卷），江苏文艺出版社一九九三年九月版；

《塔上随笔》，群众出版社一九九三年十一月版；

《中国当代名人随笔·汪曾祺卷》，陕西人民出版社一九九三年十二月版；

《矮纸集》，长江文艺出版社一九九六年三月版；

《逝水》，中国青年出版社一九九六年三月版；

《独坐小品》，宁夏人民出版社一九九六年十一月版；

《去年属马》，北京燕山出版社一九九七年八月版；

《中国当代才子书·汪曾祺卷》，长江文艺出版社一九九七年九月版；

《汪曾祺全集》（八卷），北京师范大学出版社一九九八年八月版；

《汪曾祺全集》（十二卷），人民文学出版社二〇一九年一月版。

题注中只列上述书名，不另标注出版时间和出版社名；《汪曾祺全集》以"北师大版"和"人民文学版"作为区分。

虽已竭尽全力，本书仍可能存在各种问题，期待读者诸君批评指谬。

《汪曾祺别集》编辑委员会
二〇一九年十二月六日

总　序

　　别集，本来是汪曾祺为老师沈从文的一套书踅摸出的名字，如今用到了他的作品集上。这大概是老头儿生前没想到的。

　　沈先生的夫人张兆和在《沈从文别集》总序中说："从文生前，曾有过这样愿望，想把自己的作品好好选一下，印一套袖珍本小册子。不在于如何精美漂亮，不在于如何豪华考究，只要字迹清楚，款式朴素大方，看起来舒服。本子小，便于收藏携带，尤其便于翻阅。"这番话，用来描述《汪曾祺别集》的出版宗旨，也十分合适。简单轻便，宜于阅读，是这套书想要达到的目的。当然，最好还能精致一点。

　　这套书既然叫别集，似乎总得找出点有"别"于"他集"的地方。想来想去，此书之"别"大约有三：

一是文字总量有点儿不上不下。这套书计划出二十本，约二百万字。比起市面上常见的汪曾祺作品选集，字数要多出不少，收录文章数量自然也多，而且小说、散文、文学评论、剧本、书信等各种体裁作品全有，可以比较全面地反映他的创作风格。若是和人民文学出版社新近出版的《汪曾祺全集》相比，《别集》字数又要少许多。《全集》有十二卷，约四百万字，是《别集》的两倍，还收录了许多老头儿未曾结集出版的文章。不过，《全集》因为收文要全，也有不利之处，就是一些文章的内容有重复，特别是老头儿谈文学创作体会的文章。汪曾祺本不是文艺理论家，但出名之后经常要四处瞎白话儿，车轱辘话来回说，最后都收进了《全集》。这也是没办法的事情。《别集》则可以对文章进行筛选，内容会更精当些。就像一篮子菜，择去一部分，品质总归会好一点儿。

二是编排有点儿不伦不类。这套书在每一本的最前面，大都要刊登老头儿几篇与本书有点儿关联的文章，有书信，有序跋，还有他被打成右派的"罪证"和下放劳动时写的思想汇报。在正文之前添加这些"零碎儿"，可以让读者从多个角度了解汪曾祺其文其人。这种方式算不得独创，《沈从文别集》就是这么编排的，只是一般书很少这么做。也算是一别吧。

再有一点,是编者有点儿良莠不齐。这套书的主持者,以五十岁左右的中年人居多,他们大都对汪曾祺的作品有着深入了解,也编过他的作品集。有的当年常和老头儿一起喝酒聊天,把家里存的好酒都喝得差不多了;有的是专攻现当代文学的博士;有的被评为"第一汪迷";有的参加过《汪曾祺全集》的编辑;有的对他的戏剧创作有专门研究……这些人能够聚在一起编《汪曾祺别集》,质量当然有保证。其中也有跟着混的,北京话叫"塔儿哄",就是汪曾祺的孙女和外孙女。她们对老头儿的作品虽然有所了解,但是独立编书还差点儿火候。好在大事都有专家把控,她们挂个名,跟着敲敲边鼓,不至于影响《别集》的质量。

这套《汪曾祺别集》是好是坏,还要读者说了算。

汪 朗
二〇一九年十月二十五日

目录

序跋选

《蒲桥集》自序 ——— 1

《蒲桥集》再版后记 ——— 5

访谈选

闲话散文 ——— 10

书信选

致朱德熙 一九八二年四月二日 ——— 16

致朱德熙 一九八三年二月一日 ——— 17

致朱德熙 一九八四年十二月二十四日 ——— 17

致朱德熙　一九八五年九月二十七日 ——— 18

致金实秋　一九八五年十二月二十七日 ——— 19

致朱德熙　一九八六年九月十九日 ——— 21

致金实秋　一九八六年十二月二十八日 ——— 22

致金实秋　一九八六年十二月二十九日 ——— 23

致金实秋　一九八七年一月四日 ——— 23

致朱德熙　一九九一年五月十四日 ——— 24

散文选

冬天的树 ——— 26

下水道和孩子 ——— 35

国子监 ——— 39

星期天 ——— 49

钓鱼台 ——— 54

藻鉴堂 ——— 57

午门 ——— 60

桥边散文 ——— 63

古都残梦——胡同 ——— 73

老舍先生 ——— 77

金岳霖先生 —— 84

修髯飘飘

——记西南联大的几位教授 —— 91

怀念德熙 —— 98

林斤澜！哈哈哈哈…… —— 101

翠湖心影 —— 105

泡茶馆 —— 113

昆明的雨 —— 124

跑警报 —— 129

昆明的果品 —— 139

昆明的花 —— 147

昆明菜 —— 154

观音寺 —— 167

童歌小议 —— 173

踢毽子 —— 179

一个暑假 —— 183

开卷有益 —— 187

写字 —— 191

看画 —— 197

悔不当初 —— 203

"草木闲篇"小启 —— 208

云南茶花 —— 209

张大千和毕加索 —— 212

八仙 —— 215

栈 —— 218

杜甫草堂·三苏祠·升庵祠 —— 221

苏三、宋士杰和穆桂英 —— 224

吴三桂 —— 227

夏天的昆虫 —— 230

从桂林山水说到电视连续剧《红楼梦》 —— 234

鳜鱼 —— 237

铓铛 —— 240

水母宫和张郎像 —— 243

坝上 —— 246

《戏联选萃》序 —— 250

《市井小说选》序 —— 256

字的灾难 —— 260

"桥边杂记"序 —— 264

比罚款更好的办法 —— 265

写信即是练笔 —— 267

灵通麻雀 —— 269

博雅 —— 271

沈括的幽默 —— 274

苏三监狱 —— 276

再谈苏三 —— 279

自报家门 —— 281

桥没有了,也无妨 —— 李建新 297

《蒲桥集》自序

我写散文,是搂草打兔子,捎带脚。不过我以为写任何形式的文学,都得首先把散文写好。因此陆陆续续写了一些。

中国是个散文的大国,历史悠久。《世说新语》记人事,《水经注》写风景,精彩生动,世无其匹。唐宋以文章取士。会写文章,才能做官,别的国家,大概无此制度。唐宋八家,在结构上,语言上,试验了各种可能性。宋人笔记,简洁潇洒,读起来比典册高文更为亲切,《容斋随笔》可为代表。明清考八股,但要传世,还得靠古文。归有光、张岱,各有特点。"桐城派"并非都是谬种,

---

1 初刊于一九八八年七月二十三日《文艺报》,题为《关于散文的感想》;初收于《蒲桥集》,改题为《自序》。

他们总结了写散文的一些经验，不可忽视。龚定盦造语奇崛，影响颇大。"五四"以后，散文是兴旺的。鲁迅、周作人，沉郁冲淡，形成两支。朱自清的《背影》现在读起来还是非常感人。但是近二三十年，散文似乎不怎么发达，不知是什么原因。其实，如果一个国家的散文不兴旺，很难说这个国家的文学有了真正的兴旺。散文如同布帛麦菽，是不可须臾离开的。

"五四"以后的新文学的形式，如新诗、戏剧，是外来的。小说也受了外国很大的影响。独有散文，却是土产。那时翻译了一些外国的散文，如法国蒙田的、挪威的别伦·别尔生的、英国兰姆的，但是影响不大，很少人摹仿他们那样去写。屠格涅夫和波特莱尔的散文诗译过来了，有影响。但是散文诗是诗，不是散文。近十年文学，相当一部分努力接受西方影响，被称为新潮或现代派。但是，新潮派的诗、小说、戏剧，我们大体知道是什么样子，新潮派的散文是什么样子呢，想象不出。新潮派的诗人、戏剧家、小说家，到了他们写散文的时候，就不大看得出怎么新潮了，和不是新潮的人写的散文也差不多。这对于新潮派作家，是无可奈何的事。看来所有的人写散文，都不得不接受中国的传统。事情很糟糕，不接受民族传统，简直就写不好一篇散文。不过话说回来，既然我们自己的散文传统这样深厚，为什么一定要拒绝接受呢？我认为二三十年来散文不发达，原因之一，可能是对于传统重视不够。包括我自己。到我意识到的时候，已经晚了。老年读书，过目便忘。水过地皮湿，吸入不多，风一吹，就干了。假我十年以学，我的散文也许会写得好一些。

二三十年来的散文的一个特点，是过分重视抒情。似乎散文可以分为两大类：抒情散文和非抒情散文。即便是非抒情散文中，也多少要有点抒情成分，似乎非如此即不足以称散文。散文的天地本来很广阔，因为强调抒情，反而把散文的范围弄得狭窄了。过度抒情，不知节制，容易流于伤感主义。我觉得伤感主义是散文（也是一切文学）的大敌。挺大的人，说些小姑娘似的话，何必呢。我是希望把散文写得平淡一点，自然一点，"家常"一点的，但有时恐怕也不免"为赋新词强说愁"，感情不那么真实。

我写散文，是捎带脚，写的时候，没有想到要出一个集子，发表之后，剪存了一些，但是随手乱塞，散佚了不少。承作家出版社的好意，要我自己编一本散文集，只能将找得到的归拢归拢，成了现在的这样。我还会写写散文，如有机会出第二个集子，也许会把旧作找补一点回来。但这不知是哪年的事了。

我的住处在东蒲桥边，故将书名定为《蒲桥集》。东蒲桥在修立交桥,修成后是不是还叫东蒲桥,不知道。不过好赖总还是有一座桥的。即使桥没有了,叫做《蒲桥集》,也无妨。

一九八八年六月十日

《蒲桥集》再版后记

《蒲桥集》能够再版,是我没有想到的。去年房树民同志跟我提过一下,说这本书打算再版,我当时没有太往心里去,因为我觉得这是不可能的。不料现在竟成了真事,我很高兴,比初版时还要高兴。这说明有人愿意看我的书。有人是不愿意有较多的人看他的书的,他的书只写给少数有高度艺术修养的人看。日本有一位女作家到中国来,作协接待她的同志拿了她的书的译本送给她,对她说:"很抱歉,这本书只印了两千册。"不料她大为生气,说:"我的书怎么可能印得这样多!"她的书在国内,最多的只印七百本。中国古代有一个文人,刻了集子,只印了

---

1 初刊于《随笔》一九九一年第二期,初收于《蒲桥集》一九九一年第二次印刷本。

两本。我没有那样的孤高。当然，我也不希望我的书成为"畅销书"。

读者不会是对我一个人的散文特别感兴趣，我想这是对散文的兴趣普遍地有所提高。这大概有很深刻、很复杂的社会原因和文学原因。生活的不安定是一个原因。喧嚣扰攘的生活使大家的心情变得很浮躁、很疲劳，活得很累，他们需要休息，"民亦劳止，汔可小休"，需要安慰，需要一点清凉，一点宁静，或者像我以前说过的那样，需要"滋润"。人常会碰到不如意的事。有不如意事，便想寻找可与言人。他需要找人说说话，聊聊。听人说说，自己也说说。我始终认为读者读文章，是参与其中的。他一边读着，一边自己也就随时有自己的意见，自己的看法。阅读，是读者和作者在交谈。当然，散文的作者最好不是"语言无味，面目可憎"的角色。也许这说明读者对人，对生活，对风景，对习俗节令，对饮食，乃至对草木虫鱼的兴趣提高了，对语言，对文体的兴趣提高了，总之是文化素养提高了。果真是这样，那么这才是真正值得高兴的事。

上个月，有一个很年轻的从上海来的女编辑来访问我。她说我是文人文学或学者文学的一个代表。这大概是上海文艺界一部分同志的看法。在北京，我还没有听到有人这样说过。过去我只知道有"学者小说"、"学者散文",还没有听说过笼统的"学者文学"。"学者小说"是小说中的一支,作者大都是大学教授,故亦称教授文学。这类小说的特点是在小说中谈学问,生活气息较少,不用方言俗语,语言讲究而往往深奥难懂。海明威、福克纳、斯坦因贝克……的小说是不能叫做"学者小说"的。亨利·詹姆士[1]的小说大概可以算是"学者小说"。那是我读过的最难读的小说。我的小说大概不是"学者小说"。"学者散文"的名声比"学者小说"要好一些。英国的许多 Essay 都是"学者散文"。法布尔的《昆虫记》可以说是"学者散文",因为谈的是自然科学而文笔极好。中国的许多笔记,是"学者散文",鲁迅的《二十四孝图》[2]是"学者散文",周作人的大部分散文都是"学者散文"。朱自清的《论雅俗共赏》等一系列论学之作,都可作很好的散文来读。"学者散文"在中国本来是有悠久传统的,大概在四十年代的后期中断了。唐弢同志在十多年前就说过中国现在没有"学者散文",以为是一缺陷,这是具有历史眼光的见识。我愿于此少留意焉,然而未能至也。我没有学问。近年来

---

[1] 初刊本为"詹姆士",初版本改为"詹姆斯"。从初刊本。——编者注
[2] 初刊本、初版本为《二十四孝图说》,据《朝花夕拾》应为《二十四孝图》。——编者注

我痛感读书太少，不系统，没有精思熟读，只是杂览而已，又不做劄记，看过便忘。有时为了找一点材料，翻箱倒柜，好不容易找到了，有用的不过是两句，真是"所得不偿劳"。有时想用一个成语，一个典故，大体的意思是知道的，但是这出于何书，这句话最初是谁说的，就模糊了，正如宋朝人所说："用即不错，问却不会"。——连这句话是谁说的，我也记不清了，大概是洪迈。我倒乐于接受"学者散文作家"这样一个桂冠的，可惜来不及了。我已经七十岁，还能读多少书？

我在这本书的自序里强调了散文接受民族传统，这是不错的。但我对新潮或现代派说了一些不免轻薄的话。我说："新潮派的诗、小说、戏剧，我们大体知道是什么样子，新潮派的散文是什么样子呢，想象不出。新潮派的诗人、戏剧家、小说家，到了他们写散文的时候，就不大看得出怎么新潮了，和不是新潮的人写的散文也差不多。这对于新潮派作家，是无可奈何的事。"最近我看了两位青年作家的散文，很凑巧，两位都是女的。她们的散文，一个是用意识流的方法写的，一个受了日本新感觉派的影响，都是新潮，而且都写得不错。这真是活报应。本来，诗、小说、戏剧都可以新潮，唯有散文不能，这在逻辑上是讲不通的。这反映出我的文艺思想还是相当的狭窄，具有一定的排他性。我想和我一样狭窄的人，甚至比我还狭窄的人还有。在文艺创作上，大家都是平等的，谁也不要以权威自命。不要对自己看不惯，不对自己口味的作品随便抓起朱笔，来一道"红勒帛"，"秀才辣，试官刷"。至于有的把一切现代派，新潮的作品，无论是诗、小说、戏剧一概视为异端，必欲除之而后快的大人物，则宜另当别论。

校阅了一遍初版本，发现错字极少，这在目前的出版物中是难得的。于此，我要对这本书的责任编辑潘静同志，责任校对马云燕、华沙同志深致谢意。

一九九〇年十二月三日

闲话散文

(一九九〇年十二月二十一日下午)

汪曾祺　卫建民

卫：作家都希望自己写的是"史诗"，至少要"概括"一个时代，《晚翠文谈》的序中却说："我永远只是一个小品作家。我写的一切，都是小品。"这不是谦虚吧？

汪：不是。我写不出"史诗"。我没有那样的生活。我的气质也不具备那样的魄力。但巴尔扎克的《人间喜剧》，可以说是时代的"概括"吧，我宁是不喜欢。就画家说，范宽、王蒙的山水画是大家的，气势恢宏；倪云林只能画平远小景，画些小品。他们都有自己的位置。

散文不像小说、诗，能负载更多的东西，只能写点身边琐事。

卫：那您指的是狭义的散文。

汪：是。

卫：广义地说，东西方传统的思想、艺术，主要表现在散文里。

汪：散文也奇怪。最近，我的《蒲桥集》要再版。以前，房树民同志给我说过，我也没往心里去。我想，散文怎么能再版呢？现在真要再版；这大概有社会和文学的原因。

卫：听《散文》杂志的同志讲，他们明年的订数增加了两万。

汪：看，看！这说明读者不是对我一个人的散文感兴趣。这种现象，生活不安定是一个原因；生活使大家变得很浮躁，很疲劳，活得很累，需要休息，需要安慰，需要一点清凉，一点宁静，需要"滋润"。心里有不如意的事，想找人聊聊；听人说，也等于自己说。我始终认为，读者读作品是参与其中的。

卫：阅读也是一种对话。

汪：散文情况好转，也说明读者对人，对习俗、饮食，还有草木虫鱼的兴趣提高了；对语言、文体的兴趣提高了；文化素养提高了。当然，我也不希望我的书成为"畅销书"，像流行歌曲一样。不少流行歌曲，词儿也不通，就唱，品级不高。

卫：您很推崇明清小品，桐城派的散文，还说归有光像契诃夫,这个比较有意思。

汪:桐城派讲"文气"。我认为这是个很先进的概念。我的文章怕人胡改,就怕文气断了。戴名世、刘大櫆、方苞的文章,我小时背过不少;我现在的作品里也有桐城派的影响。当然,我并不同意他们的正统观念。

归有光的《先妣事略》、《寒花葬志》、《项脊轩志》,写得平易、自然,像谈家常话,结构"随事曲折",好像没有结构。他的写法和现代的创作方法相通,观察和表现生活的方法像契诃夫。

卫:说到这里,我就想起作品容量和篇幅的关系。契诃夫《带叭儿狗的女人》,不管是思想,还是艺术,都不亚于托尔斯泰的《安娜·卡列尼娜》。作品的容量和分量不在篇幅长短。

汪:我的《大淖记事》,人家说,再抻一下就是个中篇。我说干嘛要"抻"一下?我只能写成这个样子。写短了,从艺术上说,上算。作品不要写得太满。

卫:要"留白"。

汪:这样才有余味。

卫:您的散文属于哪种类型?

汪:上个月,《文学报》一个女记者访问我,说我是文人文学或学者文学的一个代表。过去我只知道有"学者小说"、"学者散文",没听说过"学者文学"。"学者小说"大都是大学教授写的,在小说里谈学问,生活气息比较少,往往深奥难懂。我读书少,没有学问。我的小说大概不是"学者小说"。"学者散文"的名声比"学者小说"要好一些。英国的许多Essays都是"学者散文"。中国的许多笔记,也是"学者散文"。鲁迅的《二十四孝图说》,周作人的大部分作品,都是"学者散文"。朱自清的《论雅俗共赏》等一系列论学之作,都可当作很好的散文来读。

卫:您推荐的《秋天的钟》,我读了,确实写得好。

汪:那是用意识流的方法写的。能发表这样的作品,说明我们的文学还有希望。我最近要给黑孩的作品写序,她受了日本新感觉派的影响,写得不错。一种写作手法,不能说"过时了"。

我常感到一些青年作家有我不及的地方,所以提出老年人要向青年人学习,不要这也看不惯,那也看不惯。哈尔滨那个阿成,写得就很特别,句子短,有自己的特色。

我在文学院带三个研究生。读他们的作品,我常惊叹:怎么写得这样绝!总之,这一代青年作家,在创作的准备上,比任何时代都强。

卫:他们像您说的一样,"赶上了好时候"。只要有生活,有思想,总要说话,什么也挡不住。

汪：孙犁以前的作品，就写得和人不一样。《铁木前传》，像西班牙小说。那个女的叫……

卫：小满儿。

汪：那是"卡门性格"。他抗战时写的小说，不像别人就是摸岗哨，端炮楼；也不能说仅仅是"反映抗日"。他写的是"人"。概念框不住作品。赵树理的作品，也不能说就是"乡土文学"，《小二黑结婚》也不光是"反映婚姻自由"。有个外国学者说，《小二黑结婚》里唯一的正面人物，是三仙姑。

卫：这就是文学的现实功用和超越价值吧。赵树理的《催粮差》就很精彩。

汪：像契诃夫。

卫：曹禺的《日出》里，那些介绍、分析人物的文字，我认为是很好的散文。

汪：所以弄得导演不好下手。

卫：我没有看见过谁能成功地扮演陈白露。"散文"里，她是个有哲理味的女人。

汪：昆曲《夜奔》的念白也好，"男儿有泪不轻弹，只因未到伤心处"。

卫：我感到您有一个基本思想，就是从生活出发。

汪：是这样。你要让我写打仗，我一句也写不出来。

我不会编故事。

卫：您一"编"，我就能看出来。像十一子下水救巧云，处理得就一般化，是"英雄遇美人"的老套。

汪：哈哈！不那样……我想他们之间怎么发生关系？谁编的，也能看出来。

卫：锡匠游行示威就真实、感人。我设想，要拍电视的话，人物不要说话，只有动作、脚步、衣服磨擦的声音就行了。那种场面，是您亲自看到的吗？

汪：亲自看见的。

卫：生活挖尽了，创作生命也就结束了。一些在大陆生活过的海外华人作家，他们最好的作品，就是写旧生活；这一截儿写完，就没什么东西了。

汪：还可以补充一些。

卫：补充也得与自己的心灵相对应。

汪：反正，写散文，就宗璞说的，要有真情实感。

(原载于《中外散文选萃》第一辑，百花文艺出版社一九九一年版)

致朱德熙[1]　一九八二年四月二日

治气管炎、哮喘方

蜂蜜（好的）加鲜姜（多少随意）入笼蒸四十分钟，每晨及临睡时各服一汤匙。

此方问之玉渊潭畔一遛鸟人。据云一医生三代遗传性气喘都已治愈，此遛鸟人的老年性气喘亦已根除。用料易得，炮制方便，且不难吃，不妨一试。

我近日将应四川作协之邀，往西安，到成都，上峨眉山，然后往三峡一游。为时约二十日。此候

德熙安适！

曾祺
四月二日

1　朱德熙（一九二〇—一九九二），江苏苏州人，古文字学家、语言学家、教育家。汪曾祺西南联大时期同学。先后在清华大学、昆明中法大学、北京大学担任教职；在北京大学历任中文系副主任、副校长兼研究生院院长。

致朱德熙　一九八三年二月一日

德熙：

　　吕先生要我写字，久未能应。今晚酒后，画了一幅酷似八大山人的画，即于空白处录旧作一首，觉意境颇相配称，请送与吕先生一看，可留则留。如不满意，仍可再写。

　　我前几天血压忽高，近遵医服药，已正常。春节前后，可一见否？

　　画以邮寄，当有折痕，稍压即平，无妨也。

　　即候

　　时安

弟曾祺顿首
二月一日

致朱德熙　一九八四年十二月二十四日

德熙：

　　孔敬病想当见好。冬寒，你大概又要犯喘了，甚念。

我前一阵血压高,现已平伏。过两天要去参加作协代表大会,不发言,只是听会。我近几月很少写东西,为《滇池》写了两篇"昆明忆旧":《跑警报》与《昆明的果品》,过了年想把评论集起来,集名《常谈集》。

即贺新年

曾祺顿首
十二月廿四日

致朱德熙　一九八五年九月二十七日

德熙:

杨周翰让我写字画画。画今天画了一张,还满意,请转交给他。字则须等我有较好的纸再写。我手边只有单宣,写字不托墨。我下月二日将随中国作家代表团访问香港,约廿日回京。回来后当谋一见。《晚饭花集》拟送叔湘先生一本,等回来再说吧。

即候

全家安好!

　　　　　　　　曾祺顿首
　　　　　　　　九月廿七日

致金实秋[1]　一九八五年十二月二十七日

实秋：

回乡后来信收到。

戏联我翻看了两遍，有几点意见：

一、有些对联重复互见（不算少），凡重复之联，必须检校删去。

二、有些联语平仄不协。这有些可能是原联如此，但更多的是传抄有误。有明显抄错的，应改正；如不能改正，应注出某些疑误。

三、编辑体例分"古代、近代"、"现代、当代"，我以为这不说明什么问题。最好能按对联内容性质，重新归类，如"一般"、"戏曲观"（戏曲、历史、现实）——如"戏台小天地，天地大戏台"，"……"、"寺庙宫观"、"五行八作"、"四时节令"、"称美优伶"……（我对五行八作、四时节令的戏联较有兴趣）。

1　金实秋，一九四五年生，江苏高邮人，曾任南京博物院副院长。

这样可以让人看出戏联大都表现了什么东西，使人看起来也较易发生兴趣。也就是说，这样的编法，说明编者是对戏联作过一番研究，有自己的看法的，不是有闻必录，仅仅是资料。

这是我的主要意见，即：你必须对戏联作一番研究，而且要站在一个较高的高度，科学地、客观地来看待这些对联。很直截了当地说：你必须自认为比这所有的对联作者在历史、生活、戏曲、词章的修养上都要高得多，你是用一种"俯瞰"的态度来看这些对联的，只是从历史的、民俗的角度，才重视这些对联。你自己应该显示出：从文学的角度看，此种作品，才华都甚平庸，没有什么了不起！

四、因此，对戏联故事，行文不要有太多钦佩情绪，只能表示出"这有点小聪明也不易"，并对某些联语可以加以适当的讥笑（讥笑他们的陈腐、庸俗、卖弄……）。

我的意见可能十分狂悖，但却是很真诚的。

我希望你自己能写出一篇经过研究，有科学价值的自序。

让我写的序，我当然会写，但时间上不能过于紧迫。

联稿暂存我处，待写序后，当奉还。

匆复，即候

近祺

汪曾祺

十二月廿七日

王干等两同志写的《"淡"的魅力》已读,写得很好,请转致谢意。

致朱德熙 一九八六年九月十九日

德熙:

李荣将往日本,让我画画、写字。他来取字画时,说你给我揽了一件事:为王浩写字。王浩在昆明与我甚熟,自当如命。今天为他画了一张昆明食物,并书李商隐诗一幅。因我不知道他的行踪,又恐他在国内呆不久,乃将字画寄给你,请转致。我十月中将去江苏。行前或当来一晤。

曾祺顿首

中秋后一日

致金实秋 一九八六年十二月二十八日

实秋：

戏联选的序写了，请看是否可用。

此序我未留底，你如觉得可用，最好复印几份。一份寄给高野天，一份寄给我，一份你自己留着。另一份，你让陆建华看看，是否可以给《雨花》发表一下。这样也可以为你的书作一点宣传。如给《雨花》一份，题目可改为：《〈金实秋辑戏联选〉序》，署名可移至题目下面。

我年底极忙，却抽了两天写了这篇序，无非为表示一点支持之意耳。

候佳！

曾祺

十二月廿八日夜

致金实秋　一九八六年十二月二十九日

维琪[1]：

《戏联选序》中所引武进犇牛镇捕蝗演戏戏台联的下联"报以……"我加了一个"之"字，不对。又抄录时"而歌乌乌""歌"字下脱一"呼"字。望为改正。

即贺春禧！

曾祺　顿首
十二月廿九日

致金实秋　一九八七年一月四日

实秋：

我干了件荒唐事：《戏联选》的序写好了，挂号寄到江苏省文化厅，但信封上把你的名字写成了肖维琪！你查一查，如有此信，可要过来。后来又给你寄了一封平信，请把我引用武进犇牛镇捕蝗唱戏戏台联的下联误抄的

---

[1]　此信是作者写给金实秋的，误书为"维琪"（肖维琪，时在高邮县志办工作）。——编者注

字("报以","报"字下误增一"之"字,"歌乌乌","歌"字下脱一"呼"字)改过来。平信信封上也误写为肖维琪。挂号信想不会丢失,你们的传达室找不到肖维琪当会批一句"查无此人",按信封下的原址给我退回来,平信就怕不知下落了。

序文里把你的名字也写错了。开头"高邮肖维琪"请改为"金实秋";最后"维琪索序"也改为"实秋"。即问年安!

曾祺顿首　一月四日

致朱德熙　一九九一年五月十四日[1]

梦中喝得长江水,老去犹为孺子牛。陌上花开今一度,翩然何日赋归休?

…………

能早日回来,还是早回来吧。老是在外国,实在不是个事。我前年到美国,第二天就想回来。

---

[1] 此信不完整。据何孔敬《长相思:朱德熙其人》(中华书局二〇〇七年版)编入。——编者注

北京情况还可以。

我病后精力稍减而食量增加,亦怪。每天上午还能写千把字,"准风月谈"耳。每有会,皆托病不去,亦少与人谈话,不会招来麻烦。

要说的话很多,等你明春回来时再谈吧。

即候旅安!

            曾祺

            五月十四日

冬天的树

冬天的树

冬天的树,伸出细细的枝子,像一阵淡紫色的烟雾。

冬天的树,像一些铜板蚀刻。

冬天的树,简练,清楚。

冬天的树,现出了它的全身。

冬天的树,落尽了所有的叶子,为了不受风的摇撼。

冬天的树,轻轻地,轻轻地呼吸着,树梢隐隐地起伏。

冬天的树在静静地思索。

---

* 初刊于《人民文学》一九五七年第三期,初收于北师大版《汪曾祺全集》第三卷。

（这是冬天了，今年真不算冷。空气有点潮湿起来，怕是要下一场小雨了吧。）

冬天的树，已经出了一些比米粒还小的芽苞，裹在黑色的鞘壳里，偷偷地露出一点娇红。

冬天的树，很快就会吐出一朵一朵透明的，嫩绿的新叶，像一朵一朵火焰，飘动在天空中。

很快，就会满树都是繁华的，丰盛的浓密的绿叶，在丽日和风之中，兴高采烈，大声地喧哗。

标　语

游行过去了。已经有多少天了？……

下午一点钟游行，现在，可以走了。把墨水瓶盖起来，椅子推到桌子底下，摸一摸钥匙，走。立刻，这个城市变了样子。人走到街上来，变成了队伍。沉静、平稳的，然而凝炼的，湍急的队伍。人们从自己身上感觉到别人的紧张的肌肉和饱满的肺，从别人的眼睛里看到自己的发光的眼睛。于是，队伍密集起来，汇总起来，成了一片海。海的力量，海的声音，震动着全城的扩音器和收音机的喇叭，哗啦，哗啦……

一直到晚上,人们才回来,在暮色中,在每天在一定的时候亮起来的路灯底下,一群一群,一阵一阵,走在马路边上,带着没有消散的兴奋和卷得整整齐齐的旗子……

游行过去了……

现在,这里是日常生活。人来,人往。公共汽车斜驶过来,轻巧地进了站。冰糖葫芦。邮筒。鲜花店的玻璃上结着水气,一朵红花清晰地突现出来,从恍惚的绿影的后面。狐皮大衣,铜鼓。炒栗子的香气。十二月上午的阳光……

但是有标语。标语留下来,标语贴在墙上,贴在日常生活里面。标语一天一天地变得更加切实,更加深刻:

我们坚决支援埃及人民。

公共汽车

去年,在公共汽车上,我的孩子问我:"小驴子有舅舅吗?"他在路上看到一只小驴子;他自己的舅舅前两天刚从桂林来,开了几天会,又走了。

今年,在公共汽车上,我的孩子告诉我:"这是洒水车,这是载重汽车,这是老吊车……我会画大卡车。

我们托儿所有个小朋友,他画得棒极了,他什么都会画,他……"

我的孩子跟我说了不止一次了:"我长大了开公共汽车!"我想了一想,我没有意见。不过,这一来,每次上公共汽车,我就只好更得顺着他了。从前,一上公共汽车,我总是向后面看看,要是有座位,能坐一会也好嘛。他可不,一上来就往前面钻。钻到前面干什么呢?站在那里看司机叔叔开汽车。起先他问我为什么前面那个表旁边有两个扣子大的小灯,一个红的,一个黄的?为什么亮了——又慢慢地灭了?我以为他发生兴趣的也就是这两个小灯;后来,我发现并不是的,他对那两个小灯已经颇为冷淡了,但还是一样一上车就急忙往前面钻,站在那里看。我知道吸引住他的早就已经不是小红灯小黄灯,是人开汽车。我们曾经因为意见不同而发生过不愉快。有一两次因为我不很了解,没有尊重他的愿望,一上车就抱着他到后面去坐下了,及至发觉,则已经来不及了,前面已经堵得严严的,怎么也挤不过去了。于是他跟我吵了一路。"我说上前面,你定要到后面来!"——"你没有说呀!"——"我说了!我说了!"——他是没有说,不过他在心里是说了。"现在去也不行啦,这么多人!"——"刚才没有人!刚才没有人!"这以后,我就尊重他了,甫想再坐了。但是我"从思想里明确起来",则还在他宣布了他的志愿以后。从此,一上车,我就立刻往右拐,几乎已经成了本能,简直比他还积极。有时前面人多,我也带着他往前挤:"劳驾,劳驾,我们这孩子,唉!要看开汽车,咳……"

开公共汽车。这实在也不坏。

开公共汽车,这是一桩复杂的,艰巨的工作。开公共汽车,这不是开普通的汽车。你知道,北京的公共汽车有多挤。在公共汽车上工作,这是对付人的工作,不是对付机器。

在北京的公共汽车上工作的,开车的,售票的,绝大部分是一些有本事的,精干的人。我看过很多司机,很多售票员。有一些,确乎是不好的。我看过一个面色苍白的,萎弱的售票员,他几乎一早上出车时就打不起精神来。他含含糊糊地,口齿不清地报着站名,吃力地点着钱,划着票;眼睛看也不看,带着淡淡的怨气呻吟着:"不下车的往后面走走,下面等车的人很多……"也有的司机,在车子到站,上客下客的时候就休息起来,或者看他手上的表,驾驶台后面的事他满不关心。但是我看过很多精力旺盛的,机敏灵活的,不疲倦的售票员。我看到过一个长着浅浅的兜腮胡子和一对乌黑的大眼睛的角色,他在最挤的一趟车快要到达终点站的时候还是声若洪钟。一副配在最大的演出会上报幕的真正漂亮的嗓子。大声地说了那么多话而能一点不声嘶力竭,气急败坏,这不只是个嗓子的问题。我看到过一个家伙,他每次都能在一定的地方,用一定的速度报告下车之后到什么地方该换乘什么车,他的声音是比较固定的,但是保持着自然的语调高低,咬字准确清楚,没有像有些售票员一样把许多字音吃了,并且因为把两个字音搭起来变成一种特殊的声调,没有变成一种过分职业化的有点油气的说白,没有把这个工作变成一种仅具形式的玩弄——而且,每一次他都是恰好把最后一句话说完,车也就到了站,他就在最后一个字的尾音里拉开了车门,顺势弹跳下车。我看见过一个总是高高兴兴而又精细认真的小伙子。那是夏天,他穿一件背心,已经完全汗湿了而且弄得颇有点污脏了,但是他还是笑嘻嘻的。我看见他很亲切地请一位乘客起来,让一位怀孕的女同志坐,而那位女同志不坐,说她再有两站就下车了,"坐两站也好嘛!"她竟然坚持不坐,于是他只好无可奈何地笑一笑;车上的人也都很同情他的笑,包括那位刚刚站起来的乘客,这个座位终于只是空着,尽管车上并不是不挤。车上的人这时想到的不是自己要不要坐下,而是想的另外一类的事情。有那样的售票员,在看见有孕妇、老人、孩子上车的时候也说一声："劳驾来，给孕妇、抱小孩的让个座吧！"说完了他就不管了。甚至有的说过了还急忙离孕妇老人远一点，躲开抱着孩子的母亲向他看着的眼睛，他怕真给找起座位来麻烦，怕遇到蛮横的乘客惹起争吵，他没有诚心，在困难面前退却了。他不。对于他所提出的给孕妇、老人、孩子让座的请求是不会有人拒绝，不会不乐意的，因为他确是在关心着老人、孕妇和孩子，不只是履行职务，他是要想尽办法使他们安全，使他们比较舒适的，不只是说两句话。他找起座位来总是比较顺利，用不了多少时候，所以耽误不了别的事。这不是很奇怪么？是的，了解一个人的品德并不很难，只要看看他的眼睛。我看见，在车里人比较少一点的时候，在他把票都卖完了的时候，他和一个学生模样的女孩子在闲谈，好像谈她的姨妈怎么怎么的，看起来，这女孩是他一个邻居。而当车快到站的时候，他立刻很自然地结束了谈话，扬声报告所到的站名和转乘车辆的路线，打开车门，稳健而灵活地跳下去。我看见，他的背心上印着字：一九五五年北京市公共汽车公司模范售票员；底下还有一个号码，很抱歉，我把它忘了。当时我是记住的，我以为我不会忘，可是我把它忘了。我对记数目字太没有本领了——是二二五？是不是？现在是六点一刻，他就要交班了。他到了家,洗一个澡,一定会换一身干干净净的,雪白的衬衫,还会去看一场电影。会的,他很愉快,他不感到十分疲倦。是和谁呢?是刚才车上那个女孩子么?这小伙子有一副招人喜欢的体态:文雅。多么漂亮,多有出息的小伙子!祝你幸福……

我看到过一个司机。就是跟那个苍白的,疲乏的售票员在一辆车上的司机。这是一个沉默寡言的,冷静的人,有四十多岁,一张瘦瘦的黑黑的脸,脸上没有什么表情。这个人,车是开得好的;在路上遇到什么人乱跑或者前面的自行车把不住方向,情况颇为紧急时,从不大惊小怪,不使得一车的人都急忙伸出头来往外看,也不大声呵斥骑车行路的人。这个人,一到站,就站起来,转身向后,偶尔也伸出手来指点一下:"那位穿蓝制服的,你要到西单才下车,请你往后走走。拿皮包的那位同志,请你偏过身子来,让这位老太太下车,车下有一个孕妇,坐专座的同志,请你站起来。往后走,往后走,后面还有地方,还可以再往后走。"很奇怪,车上的人就在他的这样的简单的,平淡的话的指挥之下,变得服服贴贴,很有秩序。他从来不呼吁,不请求,不道"劳驾",不说"上下班的时候,人多,大家挤挤!""大礼拜六的,谁不想早点回家呀,挤挤,挤挤,多上一个好一个!""外边下着雨,互相多照顾照顾吧,都上来了最好!""上不来了!后边车就来啦!我不愿意多上几个呀!我愿意都上来才好哩,也得挤得下呀!"他不说这些!这个人身上有一种奇特的东西,那就是:坚定、自信。我看了看车上钉着的"公共汽车司机售票员守则",有一条,是"负责疏导乘客","疏导",这两个字是谁想出来的?这实在很好,这用在他身上是再恰当也没有了。于此可见,语言,是得要从生活里来的。我再看看"公约","公约"的第一条是:"热爱乘客。"我想了想,像他这样,是"热爱"么?我想,是的,是热爱,这样的冷静、坚定,也是热爱,正如同那二二五号的小伙子的开朗的笑容是热爱一样……

人,是有各色各样的人的。

……我的孩子长大了要开公共汽车,我没有意见。

一九五六年十二月

下水道和孩子

修下水道了。最初,孩子们不知道是怎么一回事,只看见一辆一辆的大汽车开过来,卸下一车一车的石子,鸡蛋大的石子,杏核大的石子,还有沙,温柔的,干净的沙。堆起来,堆起来,堆成一座一座山,把原来的一个空场子变得完全不认得了。(他们曾经在这里踢毽子,放风筝,在草窝里找那些尖头的绿蚱蜢——飞起来露出桃红色的翅膜,格格格地响,北京人叫做"卦大扁"……)原来挺立在场子中间的一棵小枣树只露出了一个头,像是掉到地底下去了。最后,来了一个一个巨大的,大得简直可以当做房子住的水泥筒子。这些水泥筒子有多重啊,它是那么滚圆的,可是放地下一动都不动。孩子最初只是怯生生

---

* 初刊于《诗刊》一九五七年第三期,初收于《汪曾祺自选集》。

地，远远地看着。他们只好走一条新的，弯弯曲曲的小路进出了，不能从场子里的任何方向横穿过去了。没有几天，他们就习惯了。他们觉得这样很好。他们有时要故意到沙堆的边上去踩一脚，在滚落下来的石子上站一站。后来，从有一天起，他们就跑到这些山上去玩起来。这倒不只是因为这些山旁边只有一个老是披着一件黄布面子的羊皮大衣的人在那里看着，并且总是很温和地微笑着看着他们，问他们姓什么，住在哪一个门里，而是因为他们对这些石子和沙都熟悉了。他们知道这是可以上去玩的，这一点不会有什么妨碍。哦，他们站得多高呀，许多东西看起来都是另外一个样子了。他们看见了许多肩膀和头顶，看见头顶上那些旋。他们看见马拉着车子的时候脖子上的鬃毛怎样一耸一耸地动。他们看见王国俊家的房顶上的瓦楞里嵌着一个皮球。（王国俊跟他爸爸搬到新北京去了，前天他们在东安市场还看见过的哩。）他们隔着墙看见他们的妈妈往绳子上晒衣服，看见妈妈的手，看见……终于，有一天，他们跑到这些大圆筒里来玩了。他们在里面穿来穿去，发现、寻找着各种不同的路径。这是桥孔啊，涵洞啊，隧道啊，是地道战啊……他们有时伸出一个黑黑的脑袋来，喊叫一声，又隐没了。他们从薄暗中爬出来，爬到圆筒的顶上来回奔跳。最初，他们从一个圆筒上跳到一个圆筒上，要等两只脚一齐站稳，然后再往另一个上面跳，现在，他们连续地跳着，他们的脚和身体已经习惯了这样的弧形的坡面，习惯了这样的运动的节拍，他们在上面飞一般地跳跃着……

（多给孩子们写一点神奇的，惊险的故事吧。）

他们跑着，跳着，他们的心开张着。他们也常常跑到那条已经掘得很深的大沟旁边，挨着木栏，看那些奇奇怪怪的木架子，看在黑洞洞的沟底活动着的工人，看他们穿着长过膝盖的胶皮靴子从里面爬上来，看他们吃东西，吃得那样一大口一大口的，吃得那样香。夜晚，他们看见沟边点起一盏一盏斜角形的红灯。他们知道，这些灯要一直在那里亮着，一直到很深很深的夜里，发着红红的光。他们会很久很久都记着这些灯……

孩子们跑着，跳着，在圆筒上面，在圆筒里面。忽然，有一个孩子在心里惊呼起来："我已经顶到筒子顶了，我没有踮脚！"啊，不知不觉的，这些孩子都长高了！真快呀，孩子！而这些大圆筒子也一个一个地安到深深的沟里去了，孩子们还来得及看到它们的浅灰色的脊背，整整齐齐地，长长地连成了一串，工人叔叔正往沟里填土。

现在，场子里又空了，又是一个新的场子，还是那棵小枣树，挺立着，摇动着枝条。

不久，沟填平了，又是平平的，宽广的，特别平，特别宽的路。但是，孩子们确实地知道，这下面，是下水道。

国 子 监

　　为了写国子监,我到国子监去逛了一趟,不得要领。从首都图书馆抱了几十本书回来,看了几天,看得眼花气闷,而所得不多。后来,我去找了一个"老"朋友聊了两个晚上,倒像是明白了不少事情。我这朋友世代在国子监当差,"侍候"过翁同龢、陆润庠、王垿等祭酒,给新科状元打过"状元及第"的旗,国子监生人,今年七十三岁,姓董。

　　国子监,就是从前的大学。

　　这个地方原先是什么样子,没法知道了(也许是一片荒郊)。立为国子监,是在元代迁都大都以后,至元

　　＊初刊于《北京文艺》一九五七年三月号,后经作者修改收入《北京纵横游》一书;修改本初收于《汪曾祺自选集》。

二十四年（一二八八年），距今约已七百年。

元代的遗迹，已经难于查考。给这段时间作证的，有两棵老树：一棵槐树，一棵柏树。一在彝伦堂前，一在大成殿阶下。据说，这都是元朝的第一任国立大学校长——国子监祭酒许衡手植的。柏树至今仍颇顽健，老干横枝，婆娑弄碧，看样子还能再活个几百年。那棵槐树，约有北方常用二号洗衣绿盆粗细，稀稀疏疏地披着几根细瘦的枝条，干枯僵直，全无一点生气，已经老得不成样子了，很难断定它是否还活着。传说它老早就已经死过一次，死了几十年，有一年不知道怎么又活了。这是乾隆年间的事，这年正赶上是慈宁太后的六十"万寿"，嗬，这是大喜事！于是皇上、大臣赋诗作记，还给老槐树画了像，全都刻在石头上，着实热闹了一通。这些石碑，至今犹在。

国子监是学校，除了一些大树和石碑之外，主要的是一些作为大学校舍的建筑。这些建筑的规模大概是明朝的永乐所创建的（大体依据洪武帝在南京所创立的国子监，而规模似不如原来之大），清朝又改建或修改过。其中修建最多的，是那位站在大清帝国极盛的峰顶，喜武功亦好文事的乾隆。

一进国子监的大门——集贤门，是一个黄色琉璃牌楼。牌楼之里是一座十分庞大华丽的建筑。这就是辟雍。

这是国子监最中心，最突出的一个建筑。这就是乾隆所创建的。辟雍者，天子之学也。天子之学，到底该是个什么样子，从汉朝以来就众说纷纭，谁也闹不清楚。照现在看起来，是在平地上开出一个正圆的池子，当中留出一块四方的陆地，上面盖起一座十分宏大的四方的大殿，重檐，有两层廊柱，盖黄色琉璃瓦，安一个巨大的镏金顶子，梁柱檐饰，皆朱漆描金，透刻敷彩，看起来像一顶大花轿子似的。辟雍殿四面开门，可以洞启。池上围以白石栏杆，四面有石桥通达。这样的格局是有许多讲究的，这里不必说它。辟雍，是乾隆以前的皇帝就想到要建筑的，但都因为没有水而作罢了（据说天子之学必得有水）。到了乾隆，气魄果然要大些，认为"北京为天下都会，教化所先也，大典缺如，非所以崇儒重道，古与稽而今与居也"（《御制国学新建辟雍圜水工成碑记》）。没有水，那有什么关系！下令打了四口井，从井里把水汲上来，从暗道里注入，通过四个龙头（螭首），喷到白石砌就的水池里，于是石池中涵空照影，泛着潋滟的波光了。二、八月里，祀孔释奠之后，乾隆来了。前面钟楼里撞钟，鼓楼里擂鼓，殿前四个大香炉里烧着檀香，他走入讲台，坐上宝座，讲《大学》或《孝经》一章，叫王公大臣和国子监的学生跪在石池的桥边听着，这个盛典，叫做"临雍"。

这"临雍"的盛典，道光、嘉庆年间，似乎还举行过，到了光绪，据我那朋友老董说，就根本没有这档子事了。大殿里一年难得打扫两回，月牙河（老董管辟雍殿四边的池子叫做四个"月牙河"）里整年是干的，只有在夏天大雨之后，各处的雨水一齐奔到这里面来。这水是死水，那光景是不难想象的。

然而辟雍殿确实是个美丽的、独特的建筑。北京有名的建筑，除了天安门、天坛祈年殿那个蓝色的圆顶、九梁十八柱的故宫角楼，应该数到这顶四方的大花轿。

辟雍之后，正面一间大厅，是彝伦堂，是校长——祭酒和教务长——司业办公的地方。此外有"四厅六堂"，敬一亭，东厢西厢。四厅是教职员办公室。六堂本来应该是教室，但清朝另于国子监斜对门盖了一些房子作为学生住宿进修之所，叫做"南学"（北方戏文动辄说"一到南学去攻书"，指的即是这个地方），六堂作为考场时似更多些。学生的月考、季考在此举行，每科的乡会试也要先在这里考一天，然后才能到贡院下场。

六堂之中原来排列着一套世界上最重的书，这书一页有三四尺宽，七八尺长，一尺许厚，重不知几千斤。这是一套石刻的十三经，是一个老书生蒋衡一手写出来的。据老董说，这是他默出来的！他把这套书献给皇帝，皇帝接受了,刻在国子监中,作为重要的装点。这皇帝,就是高宗纯皇帝乾隆陛下。

国子监碑刻甚多,数量最多的,便是蒋衡所写的经。著名的,旧称有赵松雪临写的"黄庭"、"乐毅"、"兰亭定武本";颜鲁公"争座位",这几块碑不晓得现在还在不在,我这回未暇查考。不过我觉得最有意思、最值得一看的是明太祖训示太学生的一通敕谕:

> 恁学生每听着:先前那宗讷[1]做祭酒呵,学规好生严肃,秀才每循规蹈矩,都肯向学,所以教出来的个个中用,朝廷好生得人。后来他善终了,以礼送他回乡安葬,沿路上著有司官祭他。
>
> 近年著那老秀才每做祭酒呵,他每都怀着异心,不肯教诲,把宗讷的学规都改坏了,所以生徒全不务学,用著他呵,好生坏事。
>
> 如今著那年纪小的秀才官人每来署学事,他定的学规,恁每当依著行。敢有抗拒不服,撒泼皮,违犯学规的,若祭酒来奏著恁呵,都不饶!全家发向烟瘴地面去,或充军,或充吏,或做首领官。
>
> 今后学规严紧,若有无籍之徒,敢有似前贴没头帖子,诽谤师长的,许诸人出首,或绑缚将来,赏大

---

[1] "宗讷"疑为"宋讷"。——编者注

银两个。若先前贴了票子，有知道的，或出首，或绑缚将来呵，也一般赏他大银两个。将那犯人凌迟了，枭令在监前，全家抄没，人口发往烟瘴地面。钦此！

这里面有一个血淋淋的故事：明太祖为了要"人才"，对于办学校非常热心。他的办学的政策只有一个字：严。他所委任的第一任国子监祭酒宗讷，就秉承他的意旨，订出许多规条，待学生非常的残酷，学生曾有饿死吊死的。学生受不了这样的迫害和饥饿，曾经闹过两次学潮。第二次学潮起事的是学生赵麟，出了一张壁报（没头帖子）。太祖闻之，龙颜大怒，把赵麟杀了，并在国子监立一长竿，把他的脑袋挂在上面示众（照明太祖的语言，是"枭令"）。隔了十年，他还忘不了这件事，有一天又召集全体教职员和学生训话。碑上所刻，就是训话的原文。

这些本来是发生在南京国子监的事，怎么北京的国子监也有这么一块碑呢？想必是永乐皇帝觉得他老大人的这通话训得十分精彩，应该垂之久远，所以特在北京又刻了一个复本。是的，这值得一看。他的这篇白话训词比历朝皇帝的"崇儒重道"之类的话都要真实得多，有力得多。

这块碑在国子监仪门外侧右手，很容易找到。碑分上下两截。下截是对工役膳夫的规矩，那更不得了："打五十竹箆"！"处斩"！"割了脚筋"……

历代皇帝虽然都似乎颇为重视国子监，不断地订立了许多学规，但不知道为什么，国子监出的人才并不是那样的多。

《戴斗夜谈》一书中说，北京人已把国子监打入"十可笑"之列：

> 京师相传有十可笑：光禄寺茶汤，太医院药方，神乐观祈禳，武库司刀枪，营缮司作场，养济院衣粮，教坊司婆娘，都察院宪纲，国子监学堂，翰林院文章。

国子监的课业历来似颇为稀松。学生主要的功课是读书、写字、作文。国子监学生——监生的肄业、待遇情况各时期都有变革。到清朝末年，据老董说，是每隔六日作一次文，每一年转堂（升级）一次，六年毕业，学生每月领助学金（膏火）八两。学生毕业之后，大部分发作为县级干部，或为县长（知县）、副县长（县丞），或为教育科长（训导）。另外还有一种特殊的用途，是调到中央去写字（清朝有一个时期光禄寺的面袋都是国子监学生的仿纸做的）。从明朝起就有调国子监善书学生去抄录《实录》的例。明朝的一部大丛书《永乐大典》，清朝的一部更大的丛书《四库全书》的底稿，那里面的端正严谨（也毫无个性）的馆阁体楷书，有些就是出自国子监高材生的手笔。

这种工作,叫做"在眷桌上行走"。

国子监监生的身分不十分为人所看重。从明景泰帝开生员纳粟纳马入监之例以后,国子监的门槛就低了。尔后捐监之风大开,监生就更不值钱了。

国子监是个清高的学府,国子监祭酒是个清贵的官员——京官中,四品而掌印的,只有这么一个。作祭酒的,生活实在颇为清闲,每月只逢六逢一上班,去了之后,当差的在门口喝一声短道,沏上一碗盖碗茶,他到彝伦堂上坐了一阵,给学生出出题目,看看卷子;初一、十五带着学生上大成殿磕头,此外简直没有什么事情。清朝时他们还有两桩特殊任务:一是每年十月初一,率领属官到午门去领来年的黄历;一是遇到日蚀、月蚀,穿了素服到礼部和太常寺去"救护",但领黄历一年只一次,日蚀、月蚀,更是难得碰到的事。戴璐《藤阴杂记》说此官"清简恬静",这几个字是下得很恰当的。

但是,一般做官的似乎都对这个差事不大发生兴趣。朝廷似乎也知道这种心理,所以,除了特殊例外,祭酒不上三年就会迁调。这是为什么?因为这个差事没有油水。

查清朝的旧例,祭酒每月的俸银是一百零五两,一年一千二百六十两;外加办公费每月三两,一年三十六两,加在一起,实在不算多。国子监一没人打官司告状,二没有盐税河工可以承揽，没有什么外快。但是毕竟能够养住上上下下的堂官皂役的，赖有相当稳定的银子，这就是每年捐监的手续费。

据朋友老董说，纳监的监生除了要向吏部交一笔钱，领取一张"护照"外，还需向国子监交钱领"监照"——就是大学毕业证书。照例一张监照，交银一两七钱。国子监旧例，积银二百八十两，算一个"字"，按"千字文"数，有一个字算一个字，平均每年约收入五百字上下。我算了算，每年国子监收入的监照银约有十四万两，即每年有八十二三万不经过入学和考试只花钱向国家买证书而取得大学毕业资格——监生的人。原来这是一种比乌鸦还要多的东西！这十四万两银子照国家的规定是不上缴的，由国子监官吏皂役按份摊分，祭酒每一字分十两，那么一年约可收入五千银子，比他的正薪要多得多。其余司业以下各有差。据老董说，连他一个"字"也分五钱八分，一年也从这一项上收入二百八九十两银子！

老董说，国子监还有许多定例。比如，像他，是典籍厅的刷印匠，管给学生"做卷"——印制作文用的红格本子，这事包给了他，每月例领十三两银子。他父亲在时还会这宗手艺，到他时则根本没有学过，只是到大栅栏口买一刀毛边纸，拿到琉璃厂找铺子去印，成本共花三两，剩下十两,是他的。所以,老董说,那年头,手里的钱花不清——烩鸭条才一吊四百钱一卖!至于那几位"堂皂",就更不得了了!单是每科给应考的举子包"枪手"(这事值得专写一文),就是一笔大财。那时候,当差的都兴喝黄酒,街头巷尾都是黄酒馆,跟茶馆似的,就是专为当差的预备着的。所以,像国子监的差事也都是世袭。这是一宗产业,可以卖,也可以顶出去!

老董的记性极好,我的复述倘无错误,这实在是一宗未见载录的珍贵史料。我所以不惮其烦地缕写出来,用意是在告诉比我更年轻的人,封建时代的经济、财政、人事制度,是一个多么古怪的东西!

国子监,现在已经作为首都图书馆的馆址了。首都图书馆的老底子是头发胡同的北京市图书馆,即原先的通俗图书馆——由于鲁迅先生的倡议而成立,鲁迅先生曾经襄赞其事,并捐赠过书籍的图书馆;前曾移到天坛,因为天坛地点逼仄,又挪到这里了。首都图书馆藏书除原头发胡同的和建国后新买的以外,主要为原来孔德学校和法文图书馆的藏书。就中最具特色,在国内搜藏较富的,是鼓词俗曲。

星 期 天

海绵球拍

郊区公共汽车站是热闹的。因为这里的乘客是怀着更明确、更热切的目的的,所以比市区车站更充满着生气。

什么时候盖起了这样的候车的回廊?这真好。这样乘客可以不受雨淋日晒,而且这设计得真有巧思,这不太像是个候车的地方,倒更像是个游览的地方,这可以减少或冲淡乘客的焦急,使他们觉得生活更为轻快。感谢这位通达人情的工程师。

在回廊的短栏上坐着一个小伙子,他手里握着一个全

---

* 初刊于《人民文学》一九五七年第七期,初收于北师大版《汪曾祺全集》第三卷。

新的海绵球拍。他不看别的候车的人,也不打算买一份报。他的眼睛里有点恍惚,他的握着球拍的手指轻微地但是强烈地在拨动,甚至他的肢体也在隐约地展缩着。(他的坐定的身躯里透露出无穷的姿态)很显然,他完全浸沉在乒乓球的音乐和诗意里了,幸福的年轻人!

现在是九点半钟。你一定是一清早就爬起来,带好了钱,跳上公共汽车,一进城,马上奔到百货大楼:"要一个海绵球拍!"你拿到球拍,心里剧烈地跳着,出了门,撕下包拍子的纸,你急切地要用你的手抓住这个拍子,一转身,立刻又赶到汽车站——你今天将要跟谁赛一场呢?你要怎样来试用你这只崭新的拍子呢?

我问你,你赞成王传耀还是赞成姜永宁?我还是喜欢姜永宁,因为……

竹壳热水壶

这是一个可以入画的鞋匠。

我有一次拿了一只孩子的鞋去找他。他不在,可是他的摊子在。他的摊子设在街道凹进去的一小块平地的南墙之下,旁边有一个自来水站——有时,他代管水站的龙头。他不在。他的摊子后面的墙上一边挂着一只鸟笼,一只黄雀正在里面剔羽;一边挂着一个小木牌,黄纸黑字,干净鲜明:"××制鞋生产合作社第×服务站"。这个小木牌一定是他亲手粘好,亲手挂上去的,否则不会这样的平妥端正,这样挂得是地方。丰子恺先生曾经画过一幅画,画的正是这样一个鞋匠,挑了一副担子,担子的一头是一个鸟笼,题目是:"他的家属"。这是一幅人道主义的,看了使人悲哀的画。这个鞋匠叫人想起这幅画。但是这个鞋匠跟那个鞋匠不同,他是欢快的,他没有排解不去的忧愁。他没有在,他的摊子在。他的摊子,前面一箱子修好的鞋,放得整整齐齐的,后面一个马扎子。箱子上面压着一张字条:

"鞋匠回家吃饭去了,

取鞋同志请自己捡出拿走。"

他不在,我坐在他的马扎子上掏出一根烟来抽——今天是星期天,请容许我有这点悠闲。

过了一会,他来了。我把鞋拿给他看:

"前面绽了线。"

"踢球踢的!明天取。"

"哎,不行,今天下午我要送他回托儿所!"

他想了一想,说:

"下午四点钟——过了四点我就不在了。"

这双鞋现在还穿在我儿子的脚上。

每次经过这里时我总要向他那里看看。

我从电车里看出去。他正在忙碌着,带着他那有条有理,从容不迫的神态。他放下手里的工作,欠起身来,从箱子旁边拿起一个竹壳热水壶,非常欣慰地,满足地,把水沏在一把瓷壶里。感谢你啊,制造竹壳热水壶的同志,感谢你造出这样轻便,经济,而且越来越精致好看的日用品,你不知道你给了人多少快乐,你给了他的,同时又给了我的。感谢我们这个充满温情的社会。

托儿所的星期天

托儿所的星期天,充满了阳光和安静。秋千索子静静地垂着,跷跷板停留在半空中,一对白蝴蝶在攀登架上绕来绕去。大妈把孩子们的衣裳洗出来了,晾满了一条一条长长的绳子。刚晾上去不大一会儿,绳子上分量挺沉——真热闹,多少种颜色呀!远远听见一声一声摔打和破裂的声音,炊事员老王在伙房门前劈劈柴。小桥旁边的桃花开了……

小二班隔离室里，李淑琴阿姨正在守着二玲。二玲病了，李淑琴阿姨一早上就守在这里了。窗纱掩着，屋里光线暗暗的，一个捷克小闹钟唧唧地走着。李淑琴阿姨一边看着二玲，一边轻手轻脚地做着事情。李淑琴阿姨觉得，二玲的烧大概是退了。李淑琴阿姨看看二玲，二玲平平地贴在床上，深深深深地呼吸着，睡得又累又舒服。李淑琴阿姨轻轻地走过去，轻轻地但是实在地按了按二玲的额头：没问题，完全退尽了。李淑琴阿姨直起身来（她也像二玲那样呼吸着），轻轻地走出房门。一看到满地鲜亮、强烈的阳光，她忽然非常想洗一个头。

钓 鱼 台

我在钓鱼台西边住了好几年，不知道钓鱼台里面是什么样子。

钓鱼台原是一片野地，清代，清明前后，偶尔有闲散官员爱写写诗的，携酒来游。这地方很荒凉，有很多坟。张问陶《船山诗草·闰二月十六日清明与王香圃徐石溪查兰圃小山兄弟携酒游钓鱼台看桃花归过白云观法源寺即事二首》云："荒坟沿路有，浮世几人闲。"可证。这里的景致大概是："柳枝漠漠笼青烟，山桃欲开红可怜。人声渐远波声小，一片明湖出林杪。"（《船山诗草·十九日习之招同子卿竹堂稚存琴山质夫立凡携酒游钓鱼台》）不知道

---

* 初刊于一九八七年十一月二十三日香港《大公报》，初收于《蒲桥集》。

从什么时候起，逐渐营建，最后成了国宾馆。

钓鱼台的周围原来是竹竿扎成的篱笆，竹竿上涂绿油漆，从篱笆窟窿中约略可见里面的房屋树木。"文化大革命"初期，不是一九六六年就是一九六七年，改筑了围墙，里面就什么也看不见了。围墙上安了电网，隔不远有一个红灯泡。晚上红灯一亮，瞧着有点瘆人。围墙东面、北面各开一座大门。东面大门里是一座假山；北面大门里砌了一个很大的照壁，遮住行人的视线。照壁上涂了红漆，堆出五个笔势飞动的金字："为人民服务"。门里安照壁，本是常事，但是这五个字用在这里，似乎不怎么合适。为什么搞得这样戒备森严起来了呢？原因之一，是江青常常住在这里，"文化大革命"的许多重大决策都是由这里作出的。不妨说，这是"文革"的策源地。我每天要从"为人民服务"之前经过，觉得照壁后面，神秘莫测。

我们街坊有两个孩子爬到五楼房顶上拿着照相机对着钓鱼台拍照，刚按快门，这座楼已经被钓鱼台的警卫围上了。

钓鱼台原来有一座门，靠南边，朝西，像一座小城门，石额上有三个馆阁体的楷书："钓鱼台"。附近的居民称之为"古门"。这座门正对玉渊潭。玉渊潭和钓鱼台原是一体。张问陶诗中的"一片明湖出林杪"，指的正是玉渊潭。

玉渊潭有一条贯通南北的堤，把潭分成东西两半，堤中有水闸，东西两湖的水是相通的。原来潭东、潭西和当中的土堤都是可以走人的。自从江青住进钓鱼台之后，把挨近钓鱼台的东湖沿岸都安了带毛刺的铁丝网，——老百姓叫它"铁蒺藜"。铁蒺藜是钉在沿岸的柳树上的。这样，东湖就成了禁地。行人从潭中的堤上走过时，不免要向东边看一眼，看看可望而不可即的钓鱼台，沉沉烟霭，苍苍树木。

"四人帮"垮台后，铁蒺藜拆掉了，东湖解放了。湖中有人划船、钓鱼、游泳。东堤上又可通行了。很多人散步、练气功、遛鸟。有些游人还爱趴在"古门"的门缝上往里看。警卫的战士看到，也并不呵叱。有一年，修缮西南角的建筑，为了运料方便，打开了古门，人们可以看到里面的"养元斋"，一湾流水，几块太湖石，丛竹高树。钓鱼台不再那么神秘了。

原来的铁蒺藜有的是在柳树上箍一个圈，再用钉子钉上的，有一棵柳树上的铁蒺藜拆不净，因为它已经长进树皮里，拔不出来了。这棵柳树就带着外面拖着一截的铁蒺藜往上长，一天比一天高。这棵带着铁蒺藜的树，是"四人帮"作恶的一个历史见证。似乎这也像经了"文化大革命"一通折腾之后的中国人。

一九八七年八月十七日

藻 鉴 堂

我曾在藻鉴堂住过一阵,初春,为了写一个剧本。同时住在那里的有《红岩》的作者罗广斌、杨益言,歌剧《江姐》的作者阎肃,还有我们剧团的几个编剧。藻鉴堂在颐和园的极西,围墙外就不是颐和园了。这是园内的一个偏僻的去处,原本就很少有游人来,自从辟为一个休养所,就更没有人来了。堂在一个半岛上,三面环水,岛西面往南往北都有通路,地方极为幽静。这个堂原来不知是干什么用的。大概盖得了之后,慈禧太后从来也没有来住过。这是一座两层楼的建筑,内部经过改修,有暖气、自来水、卫生设备,已经相当现代化了。外面看,还是一座

* 初刊于一九八七年五月二十五日香港《大公报》,初收于《蒲桥集》。

带有宫廷风格的别墅。在这里写作，堪称福地。

我们白天讨论，写作。到了傍晚，已经"净园"——北京的公园到了快闭园门的时候，摇铃通知游人离去，叫做"净园"——我们常从北面的小路上走出来，沿颐和园绕一大圈，从南边回去。花木无言，鸟凫自乐，得园之趣，非白日摩肩继踵的游人所能受用。

藻鉴堂北有一个很怪的东西。这是一个砖砌大圆筒。半截在地面以上，从外面看像烟筒。半截在地面以下。露在地面上的半截，不到一人高。站在筒口，可以俯看。往下看，像一口没有水的干井。井底也是圆的，颇宽广，井底还有两间房屋。这是清廷"圈禁"犯罪的亲王的地方。据颐和园的工作人员告诉我，有一个有名的什么什么亲王曾经圈禁在这里。似乎在这里圈禁过的亲王也就是这一个。我于清史太无知，把亲王的名字忘记了。这可真是名副其实的"圈禁"，——关禁在一个圆圈里面。圈的底至口约有四丈，他是插翅也飞不出去的。这位亲王除了坐井观天之外，只有等死。我很纳闷，当初是怎么把亲王弄进去的呢？——这个圆筒没有门。亲王的饮食，包括他的粪便，又是如何解决的呢？嗐，我这都是多虑。爱新觉罗家族既有此祖宗遗规，必有一套周到妥善的处理。

前二年有一个大学生跳进这个圆筒自杀死了。等发现时，尸体已经干透。

我们在藻鉴堂的生活很好，只是新鲜蔬菜少一点。伙房里老给我们吃炒回锅猪头肉。炒猪头肉不难吃，只是老吃有点受不了。

服务员里有一位很健谈，山东青河县人，他极言西门庆没这个人，这是西门的一口謦。自来说《水浒》、《金瓶梅》者无此新解，录以备忘。

午 门

旧戏、旧小说里每每提到推出午门斩首,其实没有这回事。午门在紫禁城里,三大殿的外面,这个地方哪能杀人呢!从元朝以来,刑人多在柴市口(今菜市口)、交道口(原名"交头口")或西四牌楼。在闹市杀人,大概是汉朝以来就有的规矩,即所谓"弃市"。晁错就是"朝服斩于市"的。午门是逢什么重要节日皇帝接见外国使节和接受献俘的地方。另外,也是大臣受廷杖的地方。"廷杖"不是在太和殿上打屁股,那倒是"推出午门"去执行的。"廷杖"是明代对大臣的酷刑。明以前,好像没听说过。原来打得不重,受杖时可以穿了厚棉裤,下面还垫了毡子,"示辱而已"。但挨了杖,也得躺几天起不来。到了刘瑾当

---

* 初刊于一九八七年五月十二日香港《大公报》,初收于《蒲桥集》。

权，因为他痛恨知识分子，"始去衣"，那就是脱了裤子，露出了屁股来挨揍了。行刑的是锦衣卫的太监，他们打得很毒，有的大臣立毙杖下，当场被打死的。

午门居北京城的正中。"午"者中也。这里的建筑是非常有特色的。一是建在和天安门的城墙一般高的城台之上，地基比故宫任何一座宫殿都高。二是它是五座建筑联成的。正中是一座大殿，两侧各有两座方形的亭式建筑，俗称"五凤楼"。旧戏曲里常用"五凤楼"作为朝廷的代称。《草桥关》里姚期唱："到来朝陪王在那五凤楼"，《珠帘寨》里程敬思唱："为千岁懒登五凤楼"。其实五凤楼不是上朝的地方，姚期和程敬思也不会登上这样的地方。

五凤楼平常是没有人上去的，于是就成了燕子李三式的飞贼的藏身之所。据说飞贼作了案，就用一根粗麻绳，绳子有铁钩，把麻绳甩上去，钩搭住午门外侧的城墙。倒几次手，就"就"上去了。据说在民国以后，午门城楼上设立了历史博物馆，在修缮房屋时，曾在正殿的天花板上扫出了一些烧鸡骨头、桂元、荔枝皮壳。那是飞贼遗留下来的。我未能亲见，只好姑妄听之。理或有之：躲在这里，是谁也找不到的。

一九四八年，我曾在历史博物馆工作过将近一年，而且住在午门的下面。除了两个工友，职员里住在这里的只我一个人。我住的房间在右掖门一边,据说是锦衣卫值宿的地方。我平生所住过的房屋,以这一处最为特别。夜晚,在天安门、端门、左右掖门都上锁之后,我独自站立在午门下面的广大的石坪上,万籁俱静,满天繁星,此种况味,非常人所能领略。我曾写信给黄永玉说:我觉得全世界都是凉的,只我这里一点是热的。

于是,到一九四九年三月,我就离开了。

三月七日

桥边散文

午门忆旧

北京解放前夕,一九四八年夏天到一九四九年春天,我曾在午门的历史博物馆工作过一段时间。

午门是紫禁城总体建筑的一个重要的组成部分。这是故宫的正门,是真正的"宫门"。进了天安门、端门,这只是宫廷的"前奏",进了午门,才算是进了宫。有午门,没有午门,是不大一样的。没有午门,进天安门、端门,直接看到三大殿,就太敞了,好像一件衣裳没有领子。有午门当中一隔,后面是什么,都瞧不见,这才显得宫里神秘庄严,深不可测。

---

* 初刊于《北京文学》一九八六年第五期,初收于《蒲桥集》。

午门的建筑是很特别的。下面是一个凹形的城台。城台上正面是一座九间重檐庑殿顶的城楼；左右有重檐的方亭四座。城楼和这四座正方的亭子之间，有廊庑相连属，稳重而不笨拙，玲珑而不纤巧，极有气派，俗称为"五凤楼"。在旧戏里，五凤楼成了皇宫的代称。《草桥关》里姚期唱："到来朝陪王在那五凤楼"，《珠帘寨》里程敬思唱道："为千岁懒登五凤楼"，指的就是这里。实际上姚期和程敬思都是不会登上五凤楼的。楼不但大臣上不去，就是皇帝也很少上去。

午门有什么用呢？旧戏和评书里常有一句话："推出午门斩首！"哪能呢！这是编戏编书的人想象出来的。午门的用处大概有这么三项：一是逢什么大典时，皇上登上城楼接见外国使节。曾见过一幅紫铜的版刻，刻的就是这一盛典。外国使节、满汉官员，分班肃立，极为隆重。是哪一位皇上，庆的是何节日，已经记不清了。其次是献俘。打了胜仗（一般都是镇压了少数民族），要把俘虏（当然不是俘虏的全部，只是代表性的人物）押解到京城来。献俘本来应该在太庙。《清会典·礼部》："解送俘囚至京师，钦天监择日献俘于太庙社稷。"但据熟悉掌故的同志说，在午门。到时候皇上还要坐到城楼亲自过过目。究竟在哪里，余生也晚，未能亲历，只好存疑。第三，大概是午门最有历史意义，也最有戏剧性的故实，是在这里举行廷杖。廷杖，顾名思义，是在朝廷上受杖。不过把一位大臣按在太和殿上打屁股，也实在不大像样子，所以都在午门外举行。廷杖是对廷臣的酷刑。据朱国桢《涌幢小品》，廷杖始于唐玄宗时。但是盛行似在明代。原来不过是"意思意思"。《涌幢小品》说，"成化以前，凡廷杖者不去衣，用厚棉底衣，重毡迭帊[1]，示辱而已。"穿了厚棉裤，又垫着几层毡子，打起来想必不会太疼。但就这样也够呛，挨打以后，要"卧床数日，而后得愈"。"正德初年，逆瑾（刘瑾）用事，恶廷臣，始去衣。"——那就说脱了裤子，露出屁股挨打了。"遂有杖死者。"掌刑的是"厂卫"。明朝宦官掌握的特务机关有东厂、西厂，后来又有中行厂。廷杖在午门外进行，抡杖的该是中行厂的锦衣卫。五凤楼下，血肉横飞，是何景象？

不知从什么时候起，五凤楼就很少有人上去。"马道"的门锁着。民国以后，在这里建立了历史博物馆。据历史博物馆的老工友说，建馆后，曾经修缮过一次，从城楼的天花板上扫出了一些烧鸡骨头、荔枝壳和桂元壳。他们说，这是"飞贼"留下来的。北京的"飞贼"做了案，就到

---

[1] 初刊本、初版本均为"毛毡迭帊"，据《涌幢小品》改。——编者注

五凤楼天花板上藏着,谁也找不着——那倒是,谁能搜到这样的地方呢?老工友们说,"飞贼"用一根麻绳,一头系一个大铁钩,一甩麻绳,把铁钩搭在城垛子上,三把两把,就"就"上来了。这种情形,他们谁也不会见过,但是言之凿凿。这种燕子李三式的人物引起老工友们美丽的向往,因为他们都已经老了,而且有的已经半身不遂。

"历史博物馆"名目很大,但是没有多少藏品,东边的马道里有两尊"将军炮",是很大的铜炮,炮管有两丈多长。一尊叫做"武威将军炮",另一尊叫什么将军炮,忘了。据说张勋复辟时曾起用过两尊将军炮,有的老工友说他还听到过军令:"传武威将军炮!"传"××将军炮!"是谁传?张勋,还是张勋的对立面?说不清。马道拐角处有一架李大钊烈士就义的绞刑机。据说这架绞刑机是德国进口的,只用过一次。为什么要把这东西陈列在这里呢?我们在写说明卡片时,实在不知道如何下笔。

城楼(我们习惯叫做"正殿")里保留了皇上的宝座。两边铁架子上挂着十多件袁世凯祭孔用的礼服,黑缎的面料,白领子,式样古怪,道袍不像道袍。这一套服装为什么陈列在这里,也莫名其妙。

四个方亭子陈列的都是没有多大价值,也不值什么钱的文物:不知道来历的墓志、烧瘫在"匣"里的钧窑磁碗、清代的"黄册"（为征派赋役编造的户口册），殿试的卷子、大臣的奏折……西北角一间亭子里陈列的东西却有点特别，是多种刑具。有两把杀人用的鬼头刀，都只有一尺多长。我这才知道杀头不是用力把脑袋砍下来，而是用"巧劲"把脑袋"切"下来。最引人注意的是一套凌迟用的刀具，装在一个木匣里，有一二十把，大小不一。还有一把细长的锥子。据说受凌迟的人挨了很多刀，还不会死，最后要用这把锥子刺穿心脏，才会气绝。中国的剐刑搞得这样精细而科学，真是令人叹为观止。

整天和一些价值不大、不成系统的文物打交道，真正是"抱残守缺"。日子过得倒是蛮清闲的。白天检查检查仓库，更换更换说明卡片，翻翻资料，都是可做可不做的事情。下班后，到左掖门外筒子河边看看算卦的算卦，——河边有好几个卦摊；看人叉鱼，——叉鱼的沿河走，捏着鱼叉，欻地一叉下去，一条二尺来长的黑鱼就叉上来了。到了晚上，天安门、端门、左右掖门都关死了，我就到屋里看书。我住的宿舍在右掖门旁边，据说原是锦衣卫——就是执行廷杖的特务值宿的房子。四外无声，异常安静。我有时走出房门，站在午门前的石头坪场上，仰看满天星斗，觉得全世界都是凉的，就我这里一点是热的。

北平一解放，我就告别了午门，参加四野南下工作团南下了。

从此就再也没有到午门去看过，不知道午门现在是什么样子。

有一件事可以记一记。解放前一天，我们正准备迎接解放。来了一个人，说："你们赶紧收拾收拾，我们还要办事呢！"他是想在午门上登基。这人是个疯子。

一九八六年一月九日

玉渊潭的传说

玉渊潭公园范围很大。东接钓鱼台，西到三环路，北靠白堆子、马神庙，南通军事博物馆。这个公园的好处是自然，到现在为止，还不大像个公园，——将来可不敢说了。没有亭台楼阁、假山花圃。就是那么一片水，好些树。绕湖中有长堤，转一圈得一个多小时。湖中有堤，贯通南北，把玉渊潭分为西湖和东湖。西湖可游泳，东湖可划船。湖边有很多人钓鱼，湖里有人坐了汽车内胎扎成的筏子撒网。堤上有人遛鸟。有两三处是鸟友们"会鸟"的地方。画眉、百灵,叫成一片。有人打拳、做鹤翔桩、跑步。更多的人是遛弯儿的。遛弯有几条路线,所见所闻不同。常遛的人都深有体会。有一位每天来遛的常客,以为从某处经某处,然后出玉渊潭,最有意思。他说:"这个弯儿不错。"

每天遛弯儿,总可遇见几位老人。常见,面熟了,见到总要点点头:"遛遛?"——"吃啦?"——"今儿天不错,——没风!"……

几位老人都已经八十上下了。他们是玉渊潭的老住户,有的已经住了几辈子。他们原来都是种地的,退休了。身子骨都挺硬朗。早晨,他们都绕长堤遛弯儿。白天,放放奶羊、莳弄莳弄巴掌大的一块菜地、摘一点喂鸡的猪儿草。晚饭后大都聚在湖北岸水闸旁边聊天。尤其是夏天,常常聊到很晚。这地方凉快。

我听他们聊,不免问问玉渊潭过去的事。

他们说玉渊潭原本是一片荒地,没有什么人来。只有每年秋天,热闹几天。城里很多人到玉渊潭来吃烤肉,——北京人不是讲究"贴秋膘"吗?各处架起烤肉炙子,烧着柴火,烤肉的香味顺风飘得老远……

秋高气爽,到野地里吃烤肉,瞧瞧湖水,闻着野花野草的清香,确实是一件乐事。我倒愿意这种风气能够恢复。不过，很难了！

老人们说：这玉渊潭原本是私人的产业，是张××的（他们把这个姓张的名字叫得很真凿，我曾经记住，后来忘了）。那会玉渊潭就是当中有一条陆地，种稻子。土肥水好，每年收成不错，玉渊潭一带的人，种的都是张家的地。

他们说：不但玉渊潭，由打阜成门，一直到现在的三环路，都是张××的，他一个人的。

（这可能么？）

这张××是怎么发的家呢？他是做"供"的。早年间北京人订供，不是一次给钱，而是分期给，按时给，从正月到腊月，年底下就能捧回去一盘供。这张××收了很多家的钱，全花了。到了年根，要面没面，要油没油，拿什么给人家呀！他着急呀，睡不着觉。迷迷糊糊地，着了。做了一个梦。梦里听见有人跟他说：张××，哪儿哪儿有你的油，你的面，你去拉吧！他醒来，到了那儿，有一所房，里面有油，有面。他就赶着车往外拉。怎么拉也拉不完。怎么拉，也拉不完。起那儿，他就发了大财了！

这个传说当然不可信，情节也比较一般化。不过也还有点意思。从这个传说让我了解了几件事。

第一，北京人家过年，家家都要有一盘供。南方人也许不知道什么是"供"。供,就是面擀成指头粗的条,在油里炸透,蘸了蜂蜜,堆成宝塔形,供在神案上的一种甜食。这大概本来是佛教敬奉释迦牟尼的东西,而且本来可能是庙里制作的。《红楼梦》第一回写葫芦庙中炸供,和尚不小心,油锅火逸,造成火灾,可为旁证。不过《红楼梦》写炸供是在三月十五,而北京人家摆供则在大年初一,季节不同。到后来,就不只是敬给释迦牟尼了,天上地下,各教神仙都有份。似乎一切神佛都爱吃甜东西。其实爱吃这种甜食的是孩子。北京的孩子大概都曾乘大人看不见的时候,偷偷地掰过供尖吃。到了撤供的时候,一盘供就会矮了一截。现在过年的时候,没有人家摆供了,不过点心铺里还有"蜜供"卖,只是不复堆成宝塔形,而是一疙瘩一块的。很甜,有一点蜜香。

第二,我这才知道,北京人家订供,用的是这种"分期付款"的办法。分期付款,我原以为是外国传来的,殊不知中国,北京,古已有之。所不同的,现在的分期付款是先取了东西,再陆续付钱,订供则是先钱后货。小户人家,到年底一次拿出一笔钱来办供,有些费劲,这样零揪着按月交钱,就轻松多了;做供的呢,也可以攒了本钱,从容备料。买主卖主,两得其便。这办法不错!

第三,这几位老人对这传说毫不怀疑。他们是当真事儿说的。他们说张××实有其人，他们说他就住在三环路的南边。他们说北京人有一句话："你有钱！——你有钱能比得了张××吗？"这几位老人都相信：人要发财，这是天意，这是命。因此，他们都顺天而知命，与世无争，不作非分之想。他们勤劳了一辈子，恬淡寡欲，心平气和。因此，他们都长寿。

一九八六年一月十三日

古都残梦——胡同

　　胡同是北京特有的。胡同的繁体字是"衚衕"。为什么叫做"胡同"？说法不一。多数学者以为是蒙古话，意思是水井。我在呼和浩特听一位同志说，胡同即蒙语的"忽洞"，指两边高中间低的狭长地形。呼市对面的武川县有地名乌兰忽洞。这是蒙古话，大概可以肯定。那么这是元大都以后才有的。元朝以前，汴梁、临安都没有。

　　《梦粱录》、《东京梦华录》等书都没有胡同字样。有一位好作奇论的专家认为这是汉语，古书里就有近似的读音。他引经据典，作了考证。我觉得未免穿凿附会。

　　北京城是一个四方四正的城，街道都是正东正西，正

＊原载于《胡同九十九》（北京出版社一九九六年版），初收于人民文学版《汪曾祺全集》第六卷。

南正北。北京只有几条斜街,如烟袋斜街、李铁拐斜街、杨梅竹斜街。北京人的方位感特强。你向北京人问路,他就会告诉你路南还是路北。过去拉洋车的,到拐弯处就喊叫一声"东去!""西去!"老两口睡觉,老太太嫌老头挤着她了,说:"你往南边去一点!"

沟通这些正东正西正南正北的街道的,便是胡同。胡同把北京这块大豆腐切成了很多小豆腐块。北京人就在这些一小块一小块的豆腐里活着。北京有多少条胡同?"有名的胡同三千六,没名的胡同赛牛毛。"

胡同有大胡同,如东总布胡同;有很小的,如耳朵眼胡同。一般说的胡同指的是小胡同,"小胡同,小胡同"嘛!

胡同的得名各有来源。有的是某种行业集中的地方,如手帕胡同,当初大概是专卖手绢的地方;头发胡同大概是卖假发的地方。有的是皇家储存物料的地方,如惜薪司胡同(存宫中需要的柴炭),皮库胡同(存裘皮)。有的是这里住过一个什么名人,如无量大人胡同,这位大人也怪,怎么叫这么个名字;石老娘胡同,这里住过一个老娘——接生婆,想必这老娘很善于接生;大雅宝胡同据说本名大哑巴胡同,是因为这里曾住过一个哑巴。有的是肖形,如高义伯胡同,原来叫狗尾巴胡同;羊宜宾胡同原来叫羊尾巴胡同。有的胡同则不知何所取意，如大李纱帽胡同。有的胡同不叫胡同，却叫做一个很雅致的名称，如齐白石曾经住过的"百花深处"。其实这里并没有花，一进胡同是一个公共厕所！

胡同里的房屋有一些是曾经很讲究的，有些人家的大门上钉着门铰，门前有拴马桩、上马石，记述着往昔的繁华。但是随着岁月风雨的剥蚀，门铰已经不成对，拴马桩、上马石都已成为浑圆的，棱角线条都模糊了。现在大多数胡同已经成为"陋巷"。

胡同里是安静的。偶尔有磨剪子磨刀的"惊闺"（十来个铁片穿成一串，摇动作响）的声音，算命的盲人吹的短笛的声音，或卖硬面饽饽的苍老的吆唤——"硬面儿饽——阿饽！""山静似太古，日长如小年"，时间在这里又似乎是不流动的。

胡同居民的心态是偏于保守的，他们经历了朝代更迭，"城头变幻大王旗"，谁掌权，他们都顺着，像《茶馆》里的王掌柜的所说："当了一辈子的顺民。"他们安分守己，服服帖帖。老北京人说："穷忍着，富耐着，睡不着眯着。""睡不着眯着"，真是北京人的非常精粹的人生哲学。永远不烦躁，不起急，什么事都"忍"着。胡同居民对物质生活的要求不高。蒸一屉窝头，熬一锅虾米皮白菜,来一碟臭豆腐,一块大腌萝卜,足矣。我认识一位老北京,他每天晚上都吃炸酱面,吃了几十年炸酱面。喔,胡同里的老北京人,你们就永远这样活下去吗?

老舍先生

北京东城迺兹府丰盛胡同[1]有一座小院。走进这座小院，就觉得特别安静、异常豁亮。这院子似乎经常布满阳光。院里有两棵不大的柿子树（现在大概已经很大了），到处是花，院里、廊下、屋里，摆得满满的。按季更换，都长得很精神，很滋润，叶子很绿，花开得很旺。这些花都是老舍先生和夫人胡絜青亲自莳弄的。天气晴和，他们把这些花一盆盆抬到院子里，一身热汗。刮风下雨，又一盆一盆抬进屋，又是一身热汗。老舍先生曾说："花在人养。"老舍先生爱花，真是到了爱花成性的地步，不是

---

* 初刊于《北京文学》一九八四年第五期，初收于《蒲桥集》。
1 初刊本为"迺兹府"，初版本误改为"迺兹府"。从初刊本。"丰盛胡同"应为"丰富胡同"。——编者注

可有可无的了。汤显祖曾说他的词曲"俊得江山助"。老舍先生的文章也可以说是"俊得花枝助"。叶浅予曾用白描为老舍先生画像,四面都是花,老舍先生坐在百花丛中的藤椅里,微仰着头,意态悠远。这张画不是写实,意思恰好。

客人被让进了北屋当中的客厅,老舍先生就从西边的一间屋子走出来。这是老舍先生的书房兼卧室。里面陈设很简单,一桌、一椅、一榻。老舍先生腰不好,习惯睡硬床。老舍先生是文雅的、彬彬有礼的。他的握手是轻轻的,但是很亲切。茶已经沏出色了,老舍先生执壶为客人倒茶。据我的印象,老舍先生总是自己给客人倒茶的。

老舍先生爱喝茶,喝得很勤,而且很酽。他曾告诉我,到莫斯科去开会,旅馆里倒是为他特备了一只暖壶。可是他沏了茶,刚喝了几口,一转眼,服务员就给倒了。"他们不知道,中国人是一天到晚喝茶的!"

有时候,老舍先生正在工作,请客人稍候,你也不会觉得闷得慌。你可以看看花。如果是夏天,就可以闻到一阵一阵香白杏的甜香味儿。一大盘香白杏放在条案上,那是专门为了闻香而摆设的。你还可以站起来看看西壁上挂的画。

老舍先生藏画甚富,大都是精品。所藏齐白石的画可谓"绝品"。壁上所挂的画是时常更换的。挂的时间较久的，是白石老人应老舍点题而画的四幅屏。其中一幅是很多人在文章里提到过的"蛙声十里出山泉"。"蛙声"如何画？白石老人只画了一脉活泼的流泉，两旁是乌黑的石崖，画的下端画了几只摆尾的蝌蚪。画刚刚裱起来时，我上老舍先生家去，老舍先生对白石老人的设想赞叹不止。

老舍先生极其爱重齐白石，谈起来总是充满感情。我所知道的一点白石老人的逸事，大都是从老舍先生那里听来的。老舍先生谈这四幅里原来点的题有一句是苏曼殊的诗（是哪一句我忘记了），要求画卷心的芭蕉。老人踌躇了很久，终于没有应命，因为他想不起芭蕉的心是左旋还是右旋的了，不能胡画。老舍先生说："老人是认真的。"老舍先生谈起过，有一次要拍齐白石的画的电影，想要他拿出几张得意的画来，老人说："没有！"后来由他的学生再三说服动员，他才从画案的隙缝中取出一卷（他是木匠出身，他的画案有他自制的"消息"），外面裹着好几层报纸，写着四个大字："此是废纸。"打开一看，都是惊人的杰作——就是后来纪录片里所拍摄的。白石老人家里人口很多，每天煮饭的米都是老人亲自量，用一个香烟罐头。"一下、两下、三下……行了！"——"再添一点，再添一点！"——"吃那么多呀！"有人曾提出把老人接出来住，这么大岁数了，不要再操心这样的家庭琐事了。老舍先生知道了，给拦了，说："别！他这么着惯了。不叫他干这些，他就活不成了。"老舍先生的意见表现了他对人的理解，对一个人生活习惯的尊重，同时也表现了对白石老人真正的关怀。

老舍先生很好客，每天下午，来访的客人不断。作家，画家，戏曲、曲艺演员……老舍先生都是以礼相待，谈得很投机。

每年，老舍先生要把市文联的同人约到家里聚两次。一次是菊花开的时候，赏菊。一次是他的生日，——我记得是腊月二十三。酒菜丰盛，而有特点。酒是"敞开供应"，汾酒、竹叶青、伏特卡，愿意喝什么喝什么，能喝多少喝多少。有一次很郑重地拿出一瓶葡萄酒，说是毛主席送来的，让大家都喝一点。菜是老舍先生亲自掂配的。老舍先生有意叫大家尝尝地道的北京风味。我记得有次有一瓷钵芝麻酱炖黄花鱼。这道菜我从未吃过，以后也再没有吃过。老舍家的芥末墩是我吃过的最好的芥末墩！有一年，他特意订了两大盒"盒子菜"。直径三尺许的朱红扁圆漆盒，里面分开若干格，装的不过是火腿、腊鸭、小肚、口条之类的切片，但都很精致。熬白菜端上来了，老舍先生举起筷子："来来来！这才是真正的好东西！"

老舍先生对他下面的干部很了解，也很爱护。当时市文联的干部不多，老舍先生对每个人都相当清楚。他不看干部的档案，也从不找人"个别谈话"，只是从平常的谈吐中就了解一个人的水平和才气，那是比看档案要准确得多的。老舍先生爱才，对有才华的青年，常常在各种场合称道，"平生不解藏人善，到处逢人说项斯"。而且所用的语言在有些人听起来是有点过甚其词，不留余地的。老舍先生不是那种惯说模棱两可、含糊其词、温吞水一样的官话的人。我在市文联几年，始终感到领导我们的是一位作家。他和我们的关系是前辈与后辈的关系，不是上下级关系。老舍先生这样"作家领导"的作风在市文联留下很好的影响，大家都平等相处，开诚布公，说话很少顾虑，都有点书生气、书卷气。他的这种领导风格，正是我们今天很多文化单位的领导所缺少的。

老舍先生是市文联的主席，自然也要处理一些"公务"，看文件，开会，做报告（也是由别人起草的）……但是作为一个北京市的文化工作的负责人，他常常想一些别人没有想到或想不到的问题。

北京解放前有一些盲艺人，他们沿街卖艺，有时还兼带算命，生活很苦。他们的"玩意儿"和睁眼的艺人不全一样。老舍先生和一些盲艺人熟识，提议把这些盲艺人组织起来，使他们的生活有出路，别让他们的"玩意儿"绝了。为了引起各方面的重视，他把盲艺人请到市文联演唱了一次。老舍先生亲自主持，作了介绍，还特烦两位老艺人翟少平、王秀卿唱了一段《当皮箱》。这是一个喜剧性的牌子曲，里面有一个人物是当铺的掌柜，说山西话；有一牌子叫"鹦哥调"，句尾的和声用喉舌作出有点像母猪拱食的声音，很特别，很逗。这个段子和这个牌子，是睁眼艺人没有的。老舍先生那天显得很兴奋。

北京有一座智化寺，寺里的和尚作法事和别的庙里的不一样，演奏音乐。他们演奏的乐调不同凡响，很古。所用乐谱别人不能识，记谱的符号不是工尺，而是一些奇奇怪怪的笔道。乐器倒也和现在常见的差不多，但主要的乐器却是管。据说这是唐代的"燕乐"。解放后，寺里的和尚多半已经各谋生计了，但还能集拢在一起。老舍先生把他们请来，演奏了一次。音乐界的同志对这堂活着的古乐都很感兴趣。老舍先生为此也感到很兴奋。

《当皮箱》和"燕乐"的下文如何，我就不知道了。

老舍先生是历届北京市人民代表。当人民代表就要替人民说话。以前人民代表大会的文件汇编是把代表提案都印出来的。有一年老舍先生的提案是：希望政府解决芝麻酱的供应问题。那一年北京芝麻酱缺货。老舍先生说：

"北京人夏天离不开芝麻酱!"不久,北京的油盐店里有芝麻酱卖了,北京人又吃上了香喷喷的麻酱面。

老舍是属于全国人民的,首先是属于北京人的。

一九五四年,我调离北京市文联,以后就很少上老舍先生家里去了。听说他有时还提到我。

一九八四年三月二十日

金岳霖先生

西南联大有许多很有趣的教授，金岳霖先生是其中的一位。金先生是我的老师沈从文先生的好朋友。沈先生当面和背后都称他为"老金"。大概时常来往的熟朋友都这样称呼他。关于金先生的事，有一些是沈先生告诉我的。我在《沈从文先生在西南联大》一文中提到过金先生。有些事情在那篇文章里没有写进去，觉得还应该写一写。

金先生的样子有点怪。他常年戴着一顶呢帽，进教室也不脱下。每一学年开始，给新的一班学生上课，他的第一句话总是："我的眼睛有毛病，不能摘帽子，并不是对你们不尊重，请原谅。"他的眼睛有什么病，我不知道，只知道怕阳光。因此他的呢帽的前檐压得比较低，脑袋总

---

* 初刊于《读书》一九八七年第五期，初收于《蒲桥集》。

是微微地仰着。他后来配了一副眼镜，这副眼镜一只的镜片是白的，一只是黑的。这就更怪了。后来在美国讲学期间把眼睛治好了，——好一些了，眼镜也换了，但那微微仰着脑袋的姿态一直还没有改变。他身材相当高大，经常穿一件烟草黄色的麂皮夹克，天冷了就在里面围一条很长的驼色的羊绒围巾。联大的教授穿衣服是各色各样的。闻一多先生有一阵穿一件式样过时的灰色旧夹袍，是一个亲戚送给他的，领子很高，袖口极窄。联大有一次在龙云的长子，蒋介石的干儿子龙绳武家里开校友会，——龙云的长媳是清华校友，闻先生在会上大骂"蒋介石，王八蛋！混蛋！"那天穿的就是这件高领窄袖的旧夹袍。朱自清先生有一阵披着一件云南赶马人穿的蓝色毡子的一口钟。除了体育教员，教授里穿夹克的，好像只有金先生一个人。他的眼神即使是到美国治了后也还是不大好，走起路来有点深一脚浅一脚。他就这样穿着黄夹克，微仰着脑袋，深一脚浅一脚地在联大新校舍的一条土路上走着。

金先生教逻辑。逻辑是西南联大规定文学院一年级学生的必修课，班上学生很多，上课在大教室，坐得满满的。在中学里没有听说有逻辑这门学问，大一的学生对这课很有兴趣。金先生上课有时要提问，那么多的学生，他不能都叫得上名字来，——联大是没有点名册的，他有时一上课就宣布:"今天,穿红毛衣的女同学回答问题。"于是所有穿红衣的女同学就都有点紧张,又有点兴奋。那时联大女生在蓝阴丹士林旗袍外面套一件红毛衣成了一种风气。——穿蓝毛衣、黄毛衣的极少。问题回答得流利清楚,也是件出风头的事。金先生很注意地听着,完了,说:"Yes!请坐!"

学生也可以提出问题,请金先生解答。学生提的问题深浅不一,金先生有问必答,很耐心。有一个华侨同学叫林国达,操广东普通话,最爱提问题,问题大都奇奇怪怪。他大概觉得逻辑这门学问是挺"玄"的,应该提点怪问题。有一次他又站起来提了一个怪问题,金先生想了一想,说:"林国达同学,我问你一个问题:'Mr. 林国达 is perpendicular to the blackboard(林国达君垂直于黑板)',这是什么意思?"林国达傻了。林国达当然无法垂直于黑板,但这句话在逻辑上没有错误。

林国达游泳淹死了。金先生上课,说:"林国达死了,很不幸。"这一堂课,金先生一直没有笑容。

有一个同学,大概是陈蕴珍,即萧珊,曾问过金先生:"您为什么要搞逻辑?"逻辑课的前一半讲三段论,大前提、小前提、结论、周延、不周延、归纳、演绎……还比较有意思。后半部全是符号,简直像高等数学。她的意思是:这种学问多么枯燥!金先生的回答是:"我觉得它很好玩。"

除了文学院大一学生必修课逻辑,金先生还开了一门"符号逻辑",是选修课。这门学问对我来说简直是天书。选这门课的人很少,教室里只有几个人。学生里最突出的是王浩。金先生讲着讲着,有时会停下来,问:"王浩,你以为如何?"这堂课就成了他们师生二人的对话。王浩现在在美国。前些年写了一篇关于金先生的较长的文章,大概是论金先生之学的,我没有见到。

王浩和我是相当熟的。他有个要好的朋友王景鹤,和我同在昆明黄土坡一个中学教书,王浩常来玩。来了,常打篮球。大都是吃了午饭就打。王浩管吃了饭就打球叫"练盲肠"。王浩的相貌颇"土",脑袋很大,剪了一个光头,——联大同学剪光头的很少,说话带山东口音。他现在成了洋人——美籍华人,国际知名的学者,我实在想象不出他现在是什么样子。前年他回国讲学,托一个同学要我给他画一张画。我给他画了几个青头菌、牛肝菌,一根大葱,两头蒜,还有一块很大的宣威火腿。——火腿是很少入画的。我在画上题了几句话,有一句是"以慰王浩异国乡情"。王浩的学问,原来是师承金先生的。一个人一生哪怕只教出一个好学生,也值得了。当然,金先生的好学生不止一个人。

金先生是研究哲学的，但是他看了很多小说。从普鲁斯特到福尔摩斯，都看。听说他很爱看平江不肖生的《江湖奇侠传》。有几个联大同学住在金鸡巷。陈蕴珍、王树藏、刘北汜、施载宣（萧荻）。楼上有一间小客厅。沈先生有时拉一个熟人去给少数爱好文学，写写东西的同学讲一点什么。金先生有一次也被拉了去。他讲的题目是《小说和哲学》。题目是沈先生给他出的。大家以为金先生一定会讲出一番道理。不料金先生讲了半天，结论却是：小说和哲学没有关系。有人问：那么《红楼梦》呢？金先生说："红楼梦里的哲学不是哲学。"他讲着讲着，忽然停下来："对不起，我这里有个小动物。"他把右手伸进后脖颈，捉出了一个跳蚤，捏在手指里看看，甚为得意。

金先生是个单身汉（联大教授里不少光棍，杨振声先生曾写过一篇游戏文章《释鳏》，在教授间传阅），无儿无女，但是过得自得其乐。他养了一只很大的斗鸡（云南出斗鸡）。这只斗鸡能把脖子伸上来，和金先生一个桌子吃饭。他到处搜罗大梨、大石榴，拿去和别的教授的孩子比赛。比输了，就把梨或石榴送给他的小朋友，他再去买。

金先生朋友很多，除了哲学家的教授外，时常来往的,据我所知,有梁思成、林徽因夫妇,沈从文,张奚若……君子之交淡如水,坐定之后,清茶一杯,闲话片刻而已。金先生对林徽因的谈吐才华,十分欣赏。现在的年轻人多不知道林徽因。她是学建筑的,但是对文学的趣味极高,精于鉴赏,所写的诗和小说如《窗子以外》、《九十九度中》风格清新,一时无二。林徽因死后,有一年,金先生在北京饭店请了一次客,老朋友收到通知,都纳闷:老金为什么请客?到了之后,金先生才宣布:"今天是徽因的生日。"

金先生晚年深居简出。毛主席曾经对他说:"你要接触接触社会。"金先生已经八十岁了,怎么接触社会呢?他就和一个蹬平板三轮车的约好,每天蹬着他到王府井一带转一大圈。我想象金先生坐在平板三轮上东张西望,那情景一定非常有趣。王府井人挤人,熙熙攘攘,谁也不会知道这位东张西望的老人是一位一肚子学问,为人天真、热爱生活的大哲学家。

金先生治学精深,而著作不多。除了一本大学丛书里的《逻辑》,我所知道的,还有一本《论道》。其余还有什么,我不清楚,须问王浩。

我对金先生所知甚少。希望熟知金先生的人把金先生好好写一写。

联大的许多教授都应该有人好好地写一写。

一九八七年二月二十三日

修髯飘飘
——记西南联大的几位教授

在留胡子的教授里，年龄最长，胡子也最旺盛的，大概要算戴修瓒先生。我在校时，戴先生已有六十多岁。戴先生是法律系的。听说他在北洋政府时期曾任最高法院（那时应该叫做大理院）的大法官，因为对段祺瑞之所为不满，一怒辞职，到大学教书。戴先生身体很好。他身材不高，但很敦实，面色红润，两眼有光。他蓄着满腮胡子，已经近乎全白，但是通气透风，根根发亮。我没有听过戴先生的课，只在教室外经过时，听到过他讲课的声音，真是底气充足，声若洪钟。听到他的声音，看到他稳健的步履、飘动的银髯，想到他从执政府拂袖而去，总会

* 初刊于一九九一年四月七日、十四日《中国教育报》，初收于人民文学版《汪曾祺全集》第五卷。

生出一种敬意。戴先生是湘西人，湘西人大都很倔。

很多人都知道闻一多先生是留胡子的。报刊上发表他的照片，大都有胡子。那张流传很广的木刻像（记得是个姓夏的木刻家所刻），闻先生口衔烟斗，回头凝视，目光炯炯，而又深沉，是很传神的。这张木刻像上，闻先生是有胡子的。但是闻先生原来并未留胡子，他的胡子是抗战爆发那一天留起来的。当时发誓：抗战不胜，誓不剃须。

闻先生原来并不热衷于政治。他潜心治学，用功甚笃。他的治学，考证精严，而又极富想象。他是个诗人学者，一个艺术家。他的讲课很有号召力，许多工学院的学生会从拓东路（工学院在昆明东南角的拓东路）步行穿过全城，来听闻先生的课。闻先生讲课，真是"神采奕奕"。他很会讲课（有的教授很有学问，但不会讲课），能把本来是很枯燥的考证，讲得层次分明，引人入胜，逻辑性很强，而又文词生动。他讲话很有节奏，顿挫铿锵，有"穿透力"，如同第一流的演员。他教过我们楚辞、唐诗、古代神话。好几篇文章说过，闻先生讲楚辞，第一句话是："痛饮酒，熟读离骚，乃可以为名士"，是这样的。我上闻先生的楚辞课，他就是这样开头的。他讲唐诗，把晚唐诗和后期印象派的画放在一起讲。我记得他讲李贺诗，同时讲了法国的点画派（pointism），这样的中西比较的研究方法，当时运用的人还很少。他讲古代神话，在黑板上钉满了用毛边纸墨笔手摹的大幅伏羲女娲的石刻画像（这本身是珍贵的艺术品）。昆中北院的大教室里各系学生坐得满满的，鸦雀无声。听这样的课，真是超高级的艺术享受。

闻先生个性很强，处处可以看出。他用的笔记本是特制的，毛边纸，红格，宽一尺，高一尺有半，天头约高四寸，是离京时带出来的。他上课就带了这样的笔记，外面用一块蓝布包着。闻先生写笔记用的是正楷，一笔不苟，字兼欧柳字体稍长。他爱用秃笔。用的笔都是从别人笔筒中搜来的废笔。秃笔写蝇头小字，字字都像刻出来的，真是见功夫。他原是学画的。他和几位教授带领一群学生从北京步行到长沙[1]，一路上画了许多铅笔速写（多半是风景）。他的铅笔速写另具一格，他以中国的书法入铅笔画，笔触肯定，有金石味。他治印，朱白布置很讲究，奏刀有力。连他的吃菜口味也是这样，口重。在蒙自住了半年，深以食堂菜淡为苦。

闻先生的胡子不是络腮胡子，只下巴下长髯一绺，但上髭浓黑，衬出他的轮廓分明，稍稍扁阔的嘴唇，显得潇洒而又坚毅。

闻先生后来走下"楼"来（他在蒙自，整天钻在图书

---

[1] 作者笔误，应为"从长沙步行到昆明"。——编者注

馆楼上,同事曾戏称之为"何妨一下楼主人"),拍案而起,献身民主运动,原因很多,我只想说,这和他的刚强的个性是很有关系的。一是一,二是二,想怎么样,就怎么样,心口如一,义无反顾。闻先生是中国现代史上一个无半点渣滓的、完整的、真实的浪漫主义者。他的人格,是一首诗。

能为闻先生塑像的理想人物,是罗丹。可惜罗丹早就死了。

在西南联大旧址,现在的西南师范学院的校园中有闻先生的全身石像,长髯飘飘,很有神采。

闻先生遇难时,已经剃了胡子(抗战已经胜利)。我建议在闻先生牺牲的西仓坡另立一个胸像(现在有一块碑),最好是铜像。这个胸像可以没有胡子。

冯友兰先生面色苍黑,头发黑,胡子也黑。他是个高度近视眼,戴一副黑边眼镜,眼镜片很厚,迎面看去,只见一圈又一圈,看不清他的眼睛是什么样子。他常年穿着黑色的马褂,夹着一个包袱,里面装着他的讲稿。这包袱的颜色是杏黄的,上面还印着八卦五毒。这本是云南人包小孩子用的包被(襁褓),不知道冯先生怎么会随手拿来包讲稿了。有时,身后还跟着一条狗。这条狗不知道是不是宗璞的小说里所写的鲁鲁,看它是纯白的,而且四条腿很短,大概就是的。

我在联大时,冯先生的《贞元三书》(《新原人》、《新道学》、《新世训》¹)都已经出版,我看过,已经没有印象,只有总序里的一句话却至今记得:"今当贞下起元之时,好学深思之士,乌能已于言哉。"冯先生的治哲学,是要经世致用的,和金岳霖、沈有鼎等先生只是当作一门纯学术来研究不一样。

唐兰(立厂)先生的胡子不是有意留起来的,而是"自然"长长了的。唐先生很少理发,据说一年只理两次。他的头发有点鬈曲,满头带鬈的乌发,从后面看,像石狮子(狻猊)脑袋。头发长了,胡子也就长了。胡子,也有点鬈,但不利害,没有到成为虬髯公的地步。他理了发,头发短了,胡子也剃掉了,好像换了一个人。

唐先生治文字学,教"说文解字",我没有选过这门课。但他有一年忽然开了词选,这是必修课。原来教词选的教授请假,他就自告奋勇来教了。他教词选,基本上不怎么讲。有时甚至只是打起无锡腔,曼声吟诵(其实是唱)了一遍:"双鬓隔香红啊,玉钗头上凤……"——

---

1 "新道学"疑为"新理学"。冯友兰《贞元三书》指《新理学》、《新事论》、《新世训》,后又著《新原人》、《新原道》、《新知言》,与前者合称《贞元六书》。——编者注

"好！真好！"这首词就算讲完了。班上学生词选课的最大收获，大概就是学会了唐先生吟词的腔调。似乎这样吟唱一遍，这首词也就懂了。这不是夸张，因为唐先生吟诵得很有感情，很陶醉，这首词的好处也就表达出来了。诗词本不宜多讲。讲多了，就容易把这首诗词讲死。像现在电视台的《唐诗撷英》就讲得太多了。一首七言绝句，哪有那么多的话好说呢。

不应该把胡子留起来，却留起来的，是生物系教授赵以炳。他要算西南联大教授中最年轻的，至少是最年轻的之一。当时他大概只有三十来岁。三十来岁而当了教授，可谓少年得志。赵先生长得很漂亮，但这种漂亮不是奶油小生或电影明星那样漂亮得浅薄无聊，他还是一个教授，一个学者，很有书卷气，很潇洒，或如北京人所说：很"帅"。在我所认识的教授中，当得起"风度翩翩"四个字的，唯赵先生一人。然而他却留了胡子。他为什么要留胡子呢？这有个故事。他只身在联大教书，夫人不在身边，蓄须是为了明志，让夫人放心，保证不会三心二意。他的夫人我们当然没有见过，但想象起来一定也是一位美人。没想到，他的下巴下一把黑黑的胡子更增加了他的风度，使男学生羡慕，女学生倾心。然而没有听说过赵先生另外有什么罗曼史。

赵先生是生理学专家，专门研究刺猬。我离开联大后，就没有再见过赵先生，听说他后来的遭遇很坎坷，详情不得而知。

可以，甚至应该把胡子留起来而不留的，是吴宓（雨僧）先生。吴先生的胡子很密，而且长得很快，经常刮，刮得两颊都是铁青的。有一位外语系的助教形容吴先生的胡子生长之快，说吴先生的胡子，两边永远不能一样，刮了左边，再刮右边的时候，左边的就又长出来了。吴先生相貌奇古，自号"雨僧"，有几分像。

吴先生的结局很惨。"文化大革命"中穷困潦倒（每月只发生活费三十元），最后孤寂地死在家乡。

或问：你为什么要写这些胡子教授？没有什么，偶然想起而已。为什么要想起？这怎么说呢，只能说：这样的教授现在已经不多了。

怀念德熙

德熙原来是念物理系的，大学二年级，才转到中文系来。他的数学底子很好。这样，他才能和王竹溪先生合作，测定一件青铜器的容积。

我和德熙大一时就认识。我们认识是因为在一起唱京剧。有时也一同去看厉家班的戏。后来云南大学组织了一个曲社，我们一起去拍曲子，做"同期"，几乎一次不落。我后来不唱昆曲了，德熙是一直唱着的。他的爱好影响了他的夫人何孔敬。他们到美国去，我想是会带了一枝笛子去的。

德熙不蓄字画。他家里挂着的只有一条齐白石的水印

---

* 初刊于一九九二年十月二十九日《人民日报》海外版，初收于《汪曾祺散文随笔选集》。

木刻梨花，和我给他画的墨菊横幅。他家里没有什么贵重的摆设，但是窗明几净，一尘不染，瓶花灯罩朴朴素素，位置得宜，表现出德熙一家的审美趣味。

同时具备科学头脑和艺术家的气质，我以为是德熙能在语言学、古文字学上取得很大成绩的优越条件。也许这是治人文科学的学者都需要具备的条件。

德熙的治学，完全是超功利的。在大学读书时生活清贫，但是每日孜孜，手不释卷。后来在大学教书，还兼了行政职务，往来的国际、国内学者又多，很忙，但还是不疲倦地从事研究写作。我每次到他家里去，总看到他的书桌上有一篇没有写完的论文，摊着好些参考资料和工具书。研究工作，在他是辛苦的劳动，但也是一种超级的享受。他所以乐此不倦，我觉得，是因为他随时感受到语言和古文字的美。一切科学，到了最后，都是美学。德熙上课，是很能吸引学生的。我听过不止一个他的学生说过：语法本来是很枯燥的，朱先生却能讲得很有趣味，常常到了吃饭的钟声响了，学生还舍不得离开。为什么能这样？我想是德熙把他对于语言，对于古文字的美感传染给了学生。感受到工作中的美，这样活着，才有意思。

德熙是个感情不甚外露的人，但是是一个很有感情的人。他对家人子女，第三代，都怀有一种含蓄，温和，但是很深的爱。对青年学者也是如此。我不止一次听他谈起过裘锡圭先生，语气是发现了一个天才。"君有奇才我不贫"，德熙就是这样对待后辈的。

德熙对师长是很尊敬的，对唐立厂先生、王了一先生、吕叔湘先生，都是如此。他后来是国际知名的学者了，但没有一般的"后起之秀"的傲气。我没有听他说过一句关于前辈的刻薄话。

德熙乐于助人，师友中遇有困难，德熙总设法帮助他"解决问题"。因此他的人缘很好。不少人提起德熙，都说"朱德熙人很好"。一个人被人说是"人很好"并不容易。我以为这是最高的称赞。

德熙今年七十二岁（他、李荣和我是同年），按说寿数也不算短，但是他还有许多工作可以做，他应该再过几年清闲安静的日子，遽然离去，叫人不得不感到非常遗憾。

一九九二年九月七日

林斤澜！哈哈哈哈……

林斤澜这个名字很怪。他原名庆澜，意思是庆祝河水安澜，大概生他那年他们家乡曾遭过一次水灾，后来水退了。不知从哪年，他自己改名"斤澜"。我跟他说过，"斤澜"没讲，他也说：没讲！他们家的人名字都有点怪。夫人叫"古叶"，女儿叫"布谷"。大概都是他给起的。斤澜好怪，好与众不同。他的《矮凳桥风情》里有三个女孩子，三姐妹叫笑翼、笑耳、笑杉。小城镇哪里会有这样的名字呢？我捉摸了很久，才恍然大悟：原来只是小一、小二、小三。笑翼的妈妈给儿女起名字时不会起这样的怪名字的，这都是林斤澜搞的鬼。夏尚质，周尚文，林尚怪。林

＊初刊于《时代文学》一九九七年第二期，初收于北师大版《汪曾祺全集》第六卷。

斤澜被称为"怪味葫豆",罪有应得。

斤澜曾患心脏病,三十岁就得过一次心肌梗死。后来又得过一次,但都活下来了。六十岁时他就说过他活得已经够了本,再活就是白饶。斤澜的身体不算好,但他不在乎。我这些年出外旅游,总是"逢高不上,遇山而止",斤澜则是有山就爬。他慢条斯理的,一步一步地走,还误不了看山看水,结果总是他头一个到山顶。一览众山小,笑看众头低。他应该节制饮食,但是他不,每有小聚,他都是谈笑风生,饮啖自若。不论是黄酒、白酒、葡萄酒、啤酒,全都招呼。最近有一次,他同时喝了三种酒。人常说酒喝杂了不好,斤澜说:"没事!"斤澜爱吃肉。"三天不吃肉就觉得难受。"他吃肉不讲究部位,冰糖肘子、腌笃鲜、蒜泥白肉,都行。他爱吃猪头肉,尤其爱吃"拱嘴"——猪鼻子,以为乃人间之"大美"。他是温州人,说起生吃海鲜,眉飞色舞。吃海鲜,喝黄酒,嘿!不过温州的"老酒汗"(黄酒再蒸一次)我实在喝不出好来。温州人还有一种喝法,在黄酒里加鸡蛋,煮热,这算什么酒!斤澜的吃喝是很平民化的。我和他曾在屯溪街头一小吃店的檐下,就一盘煮螺蛳,一人喝了两瓶加饭。他爱吃豆腐,老豆腐、嫩豆腐、毛豆腐、臭豆腐,都好。煎炒煮炸,都好。我陪他在乐山小饭馆吃了乡坝头上的菜豆花，好！

斤澜的生活是很平民化的。他不爱洗什么桑那浴，愿意在澡塘的大池子里（水很烫）泡一泡，泡得大汗淋漓，浑身作嫩红色。他大概是有几身西服的，但我从未见过他穿了整齐的套服，打了领带。他爱穿夹克，里面是条纹格子衬衫。衬衫就是街上买的，棉料的多，颜色倒是不怕花哨。

斤澜的平民化生活习惯来自于他对生活的平民意识。这种平民意识当然会渗入他的作品。

斤澜的哈哈笑是很有名的。这是他的保护色。斤澜每遇有人提到某人、某事，不想表态，就把提问者的原话重复一次，然后就殿以哈哈的笑声。"×××，哈哈哈哈……""这件事，哈哈哈哈……"把想要从口中掏出他的真实看法的新闻记者之类的人弄得莫名其妙，斤澜这种使人摸不着头脑抓不住尾巴的笑声，使他摆脱了尴尬，而且得到一层安全的甲壳。在反右派运动中，他就是这样应付过来的。林斤澜不被打成右派，是无天理，因此我说他是"漏网右派"，他也欣然接受。

斤澜极少臧否人物，但是是非清楚，爱憎分明。他一直在北京市文联工作，对市文联的领导，一般干部的遗闻佚事了如指掌。比如他对老舍挨斗，是他亲眼所见，亲耳所闻，揭发批判老舍的人是赖也赖不掉的。他觉得萧军有骨头有侠气，真是一条汉子。红卫兵想要萧军低头认罪，萧军就是不低头，两腿直立，如同生了根。萧军没有动手，他说："我要是一动手，七八个小青年就得趴下。"红卫兵斗骆宾基，萧军说："你们谁敢动骆宾基一根毫毛！"京剧演员荀慧生病重，是萧军背着他上车的。"文革"后，文联作协批斗浩然，斤澜听着，忽然大叫："浩然是好人哪！"当场昏厥。斤澜平时似很温和，总是含笑看世界，但他的感情是非常强烈的。

斤澜对青年作家（现在都已是中年了）是很关心的。对他们的作品几乎一篇不落地都看了，包括一些评论家的不断花样翻新，用一种不中不西希里古怪的语言所写的论文。他看得很仔细，能用这种古怪语言和他们对话。这一点，他比我强得多。

林斤澜！哈哈哈哈……

翠湖心影

有一个姑娘,牙长得好。有人问她:

"姑娘,你多大了?"

"十七。"

"住在哪里?"

"翠湖西。"

"爱吃什么?"

"辣子鸡。"

过了两天,姑娘摔了一跤,磕掉了门牙。有人问她:

"姑娘多大了?"

"十五。"

"住在哪里?"

---

* 初刊于《滇池》一九八四年第八期,初收于《汪曾祺自选集》。

"翠湖。"

"爱吃什么?"

"麻婆豆腐。"

这是我在四十四年前听到的一个笑话。当时觉得很无聊(是在一个座谈会上听一个本地才子说的)。现在想起来觉得很亲切。因为它让我想起翠湖。

昆明和翠湖分不开,很多城市都有湖。杭州西湖、济南大明湖、扬州瘦西湖。然而这些湖和城的关系都还不是那样密切。似乎把这些湖挪开,城市也还是城市。翠湖可不能挪开。没有翠湖,昆明就不成其为昆明了。翠湖在城里,而且几乎就挨着市中心。城中有湖,这在中国,在世界上,都是不多的。说某某湖是某某城的眼睛,这是一个俗得不能再俗的比喻了。然而说到翠湖,这个比喻还是躲不开。只能说:翠湖是昆明的眼睛。有什么办法呢,因为它非常贴切。

翠湖是一片湖,同时也是一条路。城中有湖,并不妨碍交通。湖之中,有一条很整齐的贯通南北的大路。从文林街、先生坡、府甬道,到华山南路、正义路,这是一条直达的捷径。——否则就要走翠湖东路或翠湖西路,那就绕远多了。昆明人特意来游翠湖的也有,不多。多数人只是从这里穿过。翠湖中游人少而行人多。但是行人到了翠湖，也就成了游人了。从喧嚣扰攘的闹市和刻板枯燥的机关里，匆匆忙忙地走过来，一进了翠湖，即刻就会觉得浑身轻松下来；生活的重压、柴米油盐、委屈烦恼，就会冲淡一些。人们不知不觉地放慢了脚步，甚至可以停下来，在路边的石凳上坐一坐，抽一支烟，四边看看。即使仍在匆忙地赶路，人在湖光树影中，精神也很不一样了。翠湖每天每日，给了昆明人多少浮世的安慰和精神的疗养啊。因此，昆明人——包括外来的游子，对翠湖充满感激。

翠湖这个名字起得好！湖不大，也不小，正合适。小了，不够一游；太大了，游起来怪累。湖的周围和湖中都有堤。堤边密密地栽着树。树都很高大。主要的是垂柳。"秋尽江南草未凋"，昆明的树好像到了冬天也还是绿的。尤其是雨季，翠湖的柳树真是绿得好像要滴下来。湖水极清。我的印象里翠湖似没有蚊子。夏天的夜晚，我们在湖中漫步或在堤边浅草中坐卧，好像都没有被蚊子咬过。湖水常年盈满。我在昆明住了七年，没有看见过翠湖干得见了底。偶尔接连下了几天大雨，湖水涨了，湖中的大路也被淹没，不能通过了。但这样的时候很少。翠湖的水不深。浅处没漆，深处也不过齐腰。因此没有人到这里来自杀。我们有一个广东籍的同学，因为失恋，曾投过翠湖。但是他下湖在水里走了一截，又爬上来了。因为他大概还不太想死，而且翠湖里也淹不死人。翠湖不种荷花，但是有许多水浮莲。肥厚碧绿的猪耳状的叶子，开着一望无际的粉紫色的蝶形的花，很热闹。我是在翠湖才认识这种水生植物的。我以后再也没看到过这样大片大片的水浮莲。湖中多红鱼，很大，都有一尺多长。这些鱼已经习惯于人声脚步，见人不惊，整天只是安安静静地，悠然地浮沉游动着。有时夜晚从湖中大路上过，会忽然拨剌一声，从湖心跃起一条极大的大鱼，吓你一跳。湖水、柳树、粉紫色的水浮莲、红鱼，共同组成一个印象：翠。

一九三九年的夏天，我到昆明来考大学，寄住在青莲街的同济中学的宿舍里，几乎每天都要到翠湖。学校已经发了榜，还没有开学，我们除了骑马到黑龙潭、金殿，坐船到大观楼，就是到翠湖图书馆去看书。这是我这一生去过次数最多的一个图书馆，也是印象极佳的一个图书馆。图书馆不大，形制有一点像一个道观。非常安静整洁。有一个侧院，院里种了好多盆白茶花。这些白茶花有时整天没有一个人来看它，就只是安安静静地欣然地开着。图书馆的管理员是一个妙人。他没有准确的上下班时间。有时我们去得早了，他还没有来，门没有开，我们就在外面等着。他来了，谁也不理，开了门，走进阅览室，把壁上一个不走的挂钟的时针"喀拉拉"一拨，拨到八点，这就上班了,开始借书。这个图书馆的藏书室在楼上。楼板上挖出一个长方形的洞,从洞里用绳子吊下一个长方形的木盘。借书人开好借书单,——管理员把借书单叫做"飞子",昆明人把一切不大的纸片都叫做"飞子",买米的发票、包裹单、汽车票,都叫"飞子",——这位管理员看一看,放在木盘里,一拽旁边的铃铛,"哐啷啷",木盘就从洞里吊上去了。——上面大概有个滑车。不一会,上面拽一下铃铛,木盘又系了下来,你要的书来了。这种古老而有趣的借书手续我以后再也没有见过。这个小图书馆藏书似不少,而且有些善本。我们想看的书大都能够借到。过了两三个小时,这位干瘦而沉默的有点像陈老莲画出来的古典的图书管理员站起来,把壁上不走的挂钟的时针"喀拉拉"一拨,拨到十二点:下班!我们对他这种以意为之的计时方法完全没有意见。因为我们没有一定要看完的书,到这里来只是享受一点安静。我们的看书,是没有目的的,从《南诏国志》到福尔摩斯,逮什么看什么。

翠湖图书馆现在还有么?这位图书管理员大概早已作古了。不知道为什么,我会常常想起他来,并和我所认识的几个孤独、贫穷而有点怪癖的小知识分子的印象掺和在一起,越来越鲜明。总有一天,这个人物的形象会出现在我的小说里的。

翠湖的好处是建筑物少。我最怕风景区挤满了亭台楼阁。除了翠湖图书馆,有一簇洋房,是法国人开的翠湖饭店。这所饭店似乎是终年空着的。大门虽开着,但我从未见过有人进去,不论是中国人还是法国人。此外,大路之东,有几间黑瓦朱栏的平房,狭长的,按形制似应该叫做"轩"。也许里面是有一方题作什么轩的横匾的,但是我记不得了。也许根本没有。轩里有一阵曾有人卖过面点,大概因为生意不好,停歇了。轩内空荡荡的,没有桌椅。只在廊下有一个卖"糠虾"的老婆婆。"糠虾"是只有皮壳没有肉的小虾。晒干了,卖给游人喂鱼。花极少的钱,便可从老婆婆手里买半碗,一把一把撒在水里,一尺多长的红鱼就很兴奋地游过来,抢食水面的糠虾,喋喋有声。糠虾喂完,人鱼俱散,轩中又是空荡荡的,剩下老婆婆一个人寂然地坐在那里。

路东伸进湖水,有一个半岛。半岛上有一个两层的楼阁。阁上是个茶馆。茶馆的地势很好,四面有窗,入目都是湖水。夏天,在阁子上喝茶,很凉快。这家茶馆,夏天,是到了晚上还卖茶的(昆明的茶馆都是这样,收市很晚),我们有时会一直坐到十点多钟。茶馆卖盖碗茶,还卖炒葵花子、南瓜子、花生米,都装在一个个白铁敲成的方碟子里,昆明的茶馆计帐的方法有点特别:瓜子、花生，都是一个价钱，按碟算。喝完了茶，"收茶钱！"堂倌走过来，数一数碟子，就报出个钱数。我们的同学有时临窗饮茶，磕完一碟瓜子，随手把铁皮碟往外一扔，"pia——"，碟子就落进了水里。堂倌算帐，还是照碟算。这些堂倌们晚上清点时，自然会发现碟子少了，并且也一定会知道这些碟子上哪里去了。但是从来没有一次收茶钱时因此和顾客吵起来过；并且在提着大铜壶用"凤凰三点头"手法为客人续水时也从不拿眼睛"贼"着客人。把瓜子碟扔进水里，自然是不大道德。不过堂倌不那么斤斤计较的风度却是很可佩服的。

除了到昆明图书馆[1]看书，喝茶，我们更多的时候是到翠湖去"穷遛"。这"穷遛"有两层意思，一是不名一钱地遛，一是无穷无尽地遛。"园日涉以成趣"，我们遛翠湖没有个够的时候。尤其是晚上，踏着斑驳的月光树影，可以在湖里一遛遛好几圈。一面走，一面海阔天空，高谈阔论。我们那时都是二十岁上下的人，似乎有很多话要说，可说，我们都说了些什么呢？我现在一句都记不得了！

我是一九四六年离开昆明的。一别翠湖，已经三十八年了，时间过得真快！

我是很想念翠湖的。

---

[1] "昆明图书馆"疑为"翠湖图书馆"。——编者注

前几年,听说因为搞什么"建设",挖断了水脉,翠湖没有水了。我听了,觉得怅然,而且,愤怒了。这是怎么搞的!谁搞的?翠湖会成了什么样子呢?那些树呢?那些水浮莲呢?那些鱼呢?

最近听说,翠湖又有水了,我高兴!我当然会想到这是三中全会带来的好处。这是拨乱反正。

但是我又听说,翠湖现在很热闹,经常举办"蛇展"什么的,我又有点担心。这又会成了什么样子呢?我不反对翠湖游人多,甚至可以有游艇,甚至可以设立摊篷卖破酥包子、焖鸡米线、冰激凌、雪糕,但是最好不要搞"蛇展"。我希望还我一个明爽安静的翠湖。我想这也是很多昆明人的希望。

一九八四年五月九日

泡 茶 馆

"泡茶馆"是联大学生特有的语言。本地原来似无此说法,本地人只说"坐茶馆"。"泡"是北京话。其含义很难准确地解释清楚。勉强解释,只能说是持续长久地沉浸其中,像泡泡菜似的泡在里面。"泡蘑菇"、"穷泡",都有长久的意思。北京的学生把北京的"泡"字带到了昆明,和现实生活结合起来,便创造出一个新的语汇。"泡茶馆",即长时间地在茶馆里坐着。本地的"坐茶馆"也含有时间较长的意思。到茶馆里去,首先是坐,其次才是喝茶(云南叫吃茶)。不过联大的学生在茶馆里坐的时间往往比本地人长,长得多,故谓之"泡"。

有一个姓陆的同学,是一怪人,曾经骑自行车旅行半

---

* 初刊于《滇池》一九八四年第九期,初收于《蒲桥集》。

个中国。这人真是一个泡茶馆的冠军。他有一个时期，整天在一家熟识的茶馆里泡着。他的盥洗用具就放在这家茶馆里。一起来就到茶馆里去洗脸刷牙，然后坐下来，泡一碗茶，吃两个烧饼，看书。一直到中午，起身出去吃午饭。吃了饭，又是一碗茶，直到吃晚饭。晚饭后，又是一碗，直到街上灯火阑珊，才挟着一本很厚的书回宿舍睡觉。

昆明的茶馆共分几类，我不知道。大别起来，只能分为两类，一类是大茶馆，一类是小茶馆。

正义路原先有一家很大的茶馆，楼上楼下，有几十张桌子。都是荸荠紫漆的八仙桌，很鲜亮。因为在热闹地区，坐客常满，人声嘈杂。所有的柱子上都贴着一张很醒目的字条："莫谈国事"。时常进来一个看相的术士，一手捧一个六寸来高的硬纸片，上书该术士的大名（只能叫做大名，因为往往不带姓，不能叫"姓名"；又不能叫"法名"、"艺名"，因为他并未出家，也不唱戏），一只手捏着一根纸媒子，在茶桌间绕来绕去，嘴里念说着"送看手相不要钱！""送看手相不要钱"——他手里这根媒子即是看手相时用来指示手纹的。

这种大茶馆有时唱围鼓。围鼓即由演员或票友清唱。我很喜欢"围鼓"这个词。唱围鼓的演员、票友好像是不取报酬的。只是一群有同好的闲人聚拢来唱着玩。但茶馆却可借来招揽顾客,所以茶馆里便于闹市张贴告条:"某月日围鼓"。到这样的茶馆里来一边听围鼓,一边吃茶,也就叫做"吃围鼓茶"。"围鼓"这个词大概是从四川来的,但昆明的围鼓似多唱滇剧。我在昆明七年,对滇剧始终没有入门。只记得不知什么戏里有一句唱词"孤王头上长青苔"。孤王的头上如何会长青苔呢?这个设想实在是奇绝,因此一听就永不能忘。

我要说的不是那种"大茶馆"。这类大茶馆我很少涉足,而且有些大茶馆,包括正义路那家兴隆鼎盛的大茶馆,后来大都陆续停闭了。我所说的是联大附近的茶馆。

从西南联大新校舍出来,有两条街,凤翥街和文林街,都不长。这两条街上至少有不下十家茶馆。

从联大新校舍,往东,折向南,进一座砖砌的小牌楼式的街门,便是凤翥街。街头右手第一家便是一家茶馆。这是一家小茶馆,只有三张茶桌,而且大小不等,形状不一的茶具也是比较粗糙的,随意画了几笔蓝花的盖碗。除了卖茶,檐下挂着大串大串的草鞋和地瓜(即湖南人所谓的凉薯),这也是卖的。张罗茶座的是一个女人。这女人长得很强壮,皮色也颇白净。她生了好些孩子。身边常有两个孩子围着她转,手里还抱着一个。她经常敞着怀,一边奶着那个早该断奶的孩子，一边为客人冲茶。她的丈夫，比她大得多，状如猿猴，而目光锐利如鹰。他什么事情也不管，但是每天下午却捧了一个大碗喝牛奶。这个男人是一头种畜。这情况使我们颇为不解。这个白皙强壮的妇人，只凭一天卖几碗茶，卖一点草鞋、地瓜，怎么能喂饱了这么多张嘴，还能供应一个懒惰的丈夫每天喝牛奶呢？怪事！中国的妇女似乎有一种天授的惊人的耐力，多大的负担也压不垮。

由这家往前走几步，斜对面，曾经开过一家专门招徕大学生的新式茶馆。这家茶馆的桌椅都是新打的，涂了黑漆。堂倌系着白围裙。卖茶用细白瓷壶，不用盖碗（昆明茶馆卖茶一般都用盖碗）。除了清茶，还卖坨茶、香片、龙井。本地茶客从门外过，伸头看看这茶馆的局面，再看看里面坐得满满的大学生，就会挪步另走一家了。这家茶馆没有什么值得一记的事，而且开了不久就关了。联大学生至今还记得这家茶馆是因为隔壁有一家卖花生米的。这家似乎没有男人，站柜卖货是姑嫂两人，都还年轻，成天涂脂抹粉。尤其是那个小姑子，见人走过，辄作媚笑。联大学生叫她花生西施。这西施卖花生米是看人行事的。好看的来买，就给得多。难看的给得少。因此我们每次买花生米都推选一个挺拔英俊的"小生"去。

再往前几步，路东，是一个绍兴人开的茶馆。这位绍兴老板不知怎么会跑到昆明来，又不知为什么在这条小小的凤翥街上来开一片茶馆。他至今乡音未改。大概他有一种独在异乡为异客的情绪，所以对待从外地来的联大学生异常亲热。他这茶馆里除了卖清茶，还卖一点芙蓉糕、萨其玛、月饼、桃酥，都装在一个玻璃匣子里。我们有时觉得肚子里有点缺空而又不到吃饭的时候，便到他这里一边喝茶一边吃两块点心。有一个善于吹口琴的姓王的同学经常在绍兴人茶馆喝茶。他喝茶，可以欠帐。不但喝茶可以欠帐，我们有时想看电影而没有钱，就由这位口琴专家出面向绍兴老板借一点。绍兴老板每次都是欣然地打开钱柜，拿出我们需要的数目。我们于是欢欣鼓舞，兴高采烈，迈开大步，直奔南屏电影院。

再往前，走过十来家店铺，便是凤翥街口，路东路西各有一家茶馆。

路东一家较小，很干净，茶桌不多。掌柜的是个瘦瘦的男人，有几个孩子。掌柜的事情多，为客人冲茶续水，大都由一个十三四岁的大儿子担任，我们称他这个儿子为"主任儿子"。街西那家又脏又乱，地面坑洼不平，一地的烟头、火柴棍、瓜子皮。茶桌也是七大八小，摇摇晃晃，但是生意却特别好。从早到晚，人坐得满满的。也许是因为风水好。这家茶馆正在凤翥街和龙翔街交接处,门面一边对着凤翥街,一边对着龙翔街,坐在茶馆两条街上的热闹都看得见。到这家吃茶的全部是本地人,本街的闲人、赶马的"马锅头"、卖柴的、卖菜的。他们都抽叶子烟。要了茶以后,便从怀里掏出一个烟盒——圆形,皮制的,外面涂着一层黑漆,打开来,揭开覆盖着的菜叶,拿出剪好的金堂叶子,一枝一枝地卷起来。茶馆的墙壁上张贴、涂抹得乱七八糟。但我却于西墙上发现了一首诗,一首真正的诗:

记得旧时好,

跟随爹爹去吃茶。

门前磨螺壳,

巷口弄泥沙。

是用墨笔题写在墙上的。这使我大为惊异了。这是什么人写的呢?

每天下午,有一个盲人到这家茶馆来卖唱。他打着扬琴,说唱着。照现在的说法,这应是一种曲艺,但这种曲艺该叫什么名称,我一直没有打听着。我问过"主任儿子",他说是"唱扬琴的",我想不是。他唱的是什么?我有一次特意站下来听了一会,是:

…………

良田美地卖了，

高楼大厦拆了，

娇妻美妾跑了，

狐皮袍子当了……

我想了想，哦，这是一首劝戒鸦片的歌，他这唱的是鸦片烟之为害。这是什么时候传下来的呢？说不定是林则徐时代某一忧国之士的作品。但是这个盲人只管唱他的，茶客们似乎都没有在听，他们仍然在说话，各人想自己的心事。到了天黑，这个盲人背着扬琴，点着马杆，踽踽地走回家去。我常常想：他今天能吃饱么？

进大西门，是文林街，挨着城门口就是一家茶馆。这是一家最无趣味的茶馆。茶馆墙上的镜框里装的是美国电影明星的照片，蓓蒂·黛维丝、奥丽薇·德·哈弗兰、克拉克·盖博、泰伦宝华……除了卖茶，还卖咖啡、可可。这家的特点是：进进出出的除了穿西服和麂皮夹克的比较有钱的男同学外，还有把头发卷成一根一根香肠似的女同学。有时到了星期六，还开舞会。茶馆的门关了，从里面传出《蓝色的多瑙河》和《风流寡妇》舞曲，里面正在"嘣嚓嚓"。

和这家斜对着的一家，跟这家截然不同。这家茶馆除卖茶，还卖煎血肠。这种血肠是牦牛肠子灌的，煎起来一街都闻见一种极其强烈的气味，说不清是异香还是奇臭。这种西藏食品，那些把头发卷成香肠一样的女同学是绝对不敢问津的。

由这两家茶馆，往东，不远几步，面南，便可折向钱局街。街上有一家老式的茶馆，楼上楼下，茶座不少。说这家茶馆是"老式"的，是因为茶馆备有烟筒，可以租用。一段青竹，旁安一个粗如小指半尺长的竹管，一头装一个带爪的莲蓬嘴，这便是"烟筒"。在莲蓬嘴里装了烟丝，点以纸媒，把整个嘴埋在筒口内，尽力猛吸，筒内的水咚咚作响，浓烟便直灌肺腑，顿时觉得浑身通泰。吸烟筒要有点功夫，不会吸的吸不出烟来。茶馆的烟筒比家用的粗得多，高齐桌面，吸完就靠在桌腿边，吸时尤需底气充足。这家茶馆门前，有一个小摊，卖酸角（不知什么树上结的，形状有点像皂荚，极酸，入口使人攒眉）、拐枣（也是树上结的，应该算是果子，状如鸡爪，一疙瘩一疙瘩的，有的地方即叫做鸡脚爪，味道很怪，像红糖，又有点像甘草）和泡梨（糖梨泡在盐水里，梨味本是酸甜的，昆明人却偏于盐水内泡而食之。泡梨仍有梨香，而梨肉极脆嫩）。过了春节则有人于门前卖葛根。葛根是药，我过去只在中药铺见过，切成四方的棋子块儿，是已经经过加工的了。原物是什么样子，我是在昆明才见到的。这种东西可以当零食来吃,我也是在昆明才知道。一截葛根,粗如手臂,横放在一块板上,外包一块湿布。给很少的钱,卖葛根的便操起有点像北京切涮羊肉的肉片用的那种薄刃长刀,切下薄薄的几片给你。雪白的。嚼起来有点像干瓢的生白薯片,而有极重的药味。据说葛根能清火。联大的同学大概很少人吃过葛根。我是什么奇奇怪怪的东西都要买一点尝一尝的。

大学二年级那一年,我和两个外文系的同学经常一早就坐到这家茶馆靠窗的一张桌边,各自看自己的书,有时整整坐一上午,彼此不交语。我这时才开始写作,我的最初几篇小说,即是在这家茶馆里写的。茶馆离翠湖很近,从翠湖吹来的风里,时时带有水浮莲的气味。

回到文林街。文林街中,正对府甬道,后来新开了一家茶馆。这家茶馆的特点一是卖茶用玻璃杯,不用盖碗,也不用壶。不卖清茶,卖绿茶和红茶。红茶色如玫瑰,绿茶苦如猪胆。第二是茶桌较少,且覆有玻璃桌面。在这样桌子上打桥牌实在是再适合不过了,因此到这家茶馆来喝茶的,大都是来打桥牌的,这茶馆实在是一个桥牌俱乐部。联大打桥牌之风很盛。有一个姓马的同学每天到这里打桥牌。解放后,我才知道他是老地下党员,昆明学生运动的领导人之一。学生运动搞得那样热火朝天,他每天都只是很闲在,很热衷地在打桥牌,谁也看不出他和学生运动有什么关系。

文林街的东头,有一家茶馆,是一个广东人开的,字号就叫"广发茶社"——昆明的茶馆我记得字号的只有这一家,原因之一,是我后来住在民强巷,离广发很近,经常到这家去。原因之二是——经常聚在这家茶馆里的,有几个助教、研究生和高年级的学生。这些人多多少少有一点玩世不恭。那时联大同学常组织什么学会,我们对这些俨乎其然的学会微存嘲讽之意。有一天,广发的茶友之一说:"咱们这也是一个学会,——广发学会!"这本是一句茶余的笑话。不料广发的茶友之一,解放后,在一次运动中被整得不可开交,胡乱交待问题,说他曾参加过"广发学会"。这就惹下了麻烦。几次有人,专程到北京来外调"广发学会"问题。被调查的人心里想笑,又笑不出来,因为来外调的政工人员态度非常严肃。广发茶馆代卖广东点心。所谓广东点心,其实只是包了不同味道的甜馅的小小的酥饼,面上却一律贴了几片香菜叶子,这大概是这一家饼师的特有的手艺。我在别处吃过广东点心,就没有见过面上贴有香菜叶子的——至少不是每一块都贴。

或问:泡茶馆对联大学生有些什么影响?答曰:第一,可以养其浩然之气。联大的学生自然也是贤愚不等,但多数是比较正派的。那是一个污浊而混乱的时代，学生生活又穷困得近乎潦倒，但是很多人却能自许清高，鄙视庸俗，并能保持绿意葱茏的幽默感，用来对付恶浊和穷困，并不颓丧灰心，这跟泡茶馆是有些关系的。第二，茶馆出人才。联大学生上茶馆，并不是穷泡，除了瞎聊，大部分时间都是用来读书的。联大图书馆座位不多，宿舍里没有桌凳，看书多半在茶馆里。联大同学上茶馆很少不挟着一本乃至几本书的。不少人的论文、读书报告，都是在茶馆写的。有一年一位姓石的讲师的《哲学概论》期终考试，我就是把考卷拿到茶馆里去答好了再交上去的。联大八年，出了很多人才。研究联大校史，搞"人才学"，不能不了解了解联大附近的茶馆。第三，泡茶馆可以接触社会。我对各种各样的人、各种各样的生活都发生兴趣，都想了解了解，跟泡茶馆有一定关系。如果我现在还算一个写小说的人，那么我这个小说家是在昆明的茶馆里泡出来的。

一九八四年五月十三日

昆明的雨

宁坤要我给他画一张画,要有昆明的特点。我想了一些时候,画了一幅:右上角画了一片倒挂着的浓绿的仙人掌,末端开出一朵金黄色的花;左下画了几朵青头菌和牛肝菌。题了这样几行字:

> 昆明人家常于门头挂仙人掌一片以辟邪,仙人掌悬空倒挂,尚能存活开花。于此可见仙人掌生命之顽强,亦可见昆明雨季空气之湿润。雨季则有青头菌、牛肝菌,味极鲜腴。

我想念昆明的雨。

我以前不知道有所谓雨季。"雨季",是到昆明以后才有了具体感受的。

---

* 初刊于《滇池》一九八四年第十期,初收于《汪曾祺自选集》。

我不记得昆明的雨季有多长，从几月到几月，好像是相当长的。但是并不使人厌烦。因为是下下停停、停停下下，不是连绵不断，下起来没完。而且并不使人气闷。我觉得昆明雨季气压不低，人很舒服。

昆明的雨季是明亮的、丰满的，使人动情的。城春草木深，孟夏草木长。昆明的雨季，是浓绿的。草木的枝叶里的水分都到了饱和状态，显示出过分的、近于夸张的旺盛。

我的那张画是写实的。我确实亲眼看见过倒挂着还能开花的仙人掌。旧日昆明人家门头上用以辟邪的多是这样一些东西：一面小镜子，周围画着八卦，下面便是一片仙人掌，——在仙人掌上扎一个洞，用麻线穿了，挂在钉子上。昆明仙人掌多，且极肥大。有些人家在菜园的周围种了一圈仙人掌以代替篱笆。——种了仙人掌，猪羊便不敢进园吃菜了。仙人掌有刺，猪和羊怕扎。

昆明菌子极多。雨季逛菜市场，随时可以看到各种菌子。最多，也最便宜的是牛肝菌。牛肝菌下来的时候，家家饭馆卖炒牛肝菌，连西南联大食堂的桌子上都可以有一碗。牛肝菌色如牛肝，滑，嫩，鲜，香，很好吃。炒牛肝菌须多放蒜，否则容易使人晕倒。青头菌比牛肝菌略贵。这种菌子炒熟了也还是浅绿色的，格调比牛肝菌高。菌中之王是鸡𗼸,味道鲜浓,无可方比。鸡𗼸是名贵的山珍,但并不真的贵得惊人。一盘红烧鸡𗼸的价钱和一碗黄焖鸡不相上下,因为这东西在云南并不难得。有一个笑话:有人从昆明坐火车到呈贡,在车上看到地上有一棵鸡𗼸,他跳下去把鸡𗼸捡了,紧赶两步,还能爬上火车。这笑话用意在说明昆明到呈贡的火车之慢,但也说明鸡𗼸随处可见。有一种菌子,中吃不中看,叫做干巴菌。乍一看那样子,真叫人怀疑:这种东西也能吃?!颜色深褐带绿,有点像一堆半干的牛粪或一个被踩破了的马蜂窝。里头还有许多草茎、松毛,乱七八糟!可是下点功夫,把草茎松毛择净,撕成蟹腿肉粗细的丝,和青辣椒同炒,入口便会使你张目结舌:这东西这么好吃?!还有一种菌子,中看不中吃,叫鸡油菌。都是一般大小,有一块银元那样大,的溜圆,颜色浅黄,恰似鸡油一样。这种菌子只有做菜时配色用,没甚味道。

雨季的果子,是杨梅。卖杨梅的都是苗族女孩子,戴一顶小花帽子,穿着扳尖的绣了满帮花的鞋,坐在人家阶石的一角,不时吆唤一声:"卖杨梅——",声音娇娇的。她们的声音使得昆明雨季的空气更加柔和了。昆明的杨梅很大,有一个乒乓球那样大,颜色黑红黑红的,叫做"火炭梅"。这个名字起得真好,真是像一球烧得炽红的火炭!一点都不酸!我吃过苏州洞庭山的杨梅、井冈山的杨梅,好像都比不上昆明的火炭梅。

雨季的花是缅桂花。缅桂花即白兰花,北京叫做"把儿兰"(这个名字真不好听)。云南把这种花叫做缅桂花,可能最初这种花是从缅甸传入的,而花的香味又有点像桂花,其实这跟桂花实在没有什么关系。——不过话又说回来,别处叫它白兰、把儿兰,它和兰花也挨不上呀,也不过是因为它很香,香得像兰花。我在家乡看到的白兰多是一人高,昆明的缅桂是大树!我在若园巷二号住过,院里有一棵大缅桂,密密的叶子,把四周房间都映绿了。缅桂盛开的时候,房东(是一个五十多岁的寡妇)和她的一个养女,搭了梯子上去摘,每天要摘下来好些,拿到花市上去卖。她大概是怕房客们乱摘她的花,时常给各家送去一些。有时送来一个七寸盘子,里面摆得满满的缅桂花!带着雨珠的缅桂花使我的心软软的,不是怀人,不是思乡。

雨,有时是会引起人一点淡淡的乡愁的。李商隐的《夜雨寄北》是为许多久客的游子而写的。我有一天在积雨少住的早晨和德熙从联大新校舍到莲花池去。看了池里的满池清水,看了着比丘尼装的陈圆圆的石像(传说陈圆圆随吴三桂到云南后出家,暮年投莲花池而死),雨又下起来了。莲花池边有一条小街,有一个小酒店,我们走进去，要了一碟猪头肉，半市斤酒[1]（装在上了绿釉的土瓷杯里），坐了下来。雨下大了。酒店有几只鸡，都把脑袋反插在翅膀下面，一只脚着地，一动也不动地在檐下站着。酒店院子里有一架大木香花。昆明木香花很多。有的小河沿岸都是木香。但是这样大的木香却不多见。一棵木香，爬在架上，把院子遮得严严的。密匝匝的细碎的绿叶，数不清的半开的白花和饱涨的花骨朵，都被雨水淋得湿透了。我们走不了，就这样一直坐到午后。四十年后，我还忘不了那天的情味，写了一首诗：

> 莲花池外少行人，
> 野店苔痕一寸深。
> 浊酒一杯天过午，
> 木香花湿雨沉沉。

我想念昆明的雨。

一九八四年五月十九日

---

[1] "半市斤酒"疑为"半斤市酒"。作者在《七载云烟》中自注："市酒"为普通白酒。《花·木香花》中重述与朱德熙在莲花池遇雨事，"要了两杯市酒（昆明的绿陶高杯，可容三两），一碟猪头肉，坐了很久"。——编者注

跑 警 报

西南联大有一位历史系的教授,——听说是雷海宗先生,他开的一门课因为讲授多年,已经背得很熟,上课前无需准备;下课了,讲到哪里算哪里,他自己也不记得。每回上课,都要先问学生:"我上次讲到哪里了?"然后就滔滔不绝地接着讲下去。班上有个女同学,笔记记得最详细,一句话不落。雷先生有一次问她:"我上一课最后说的是什么?"这位女同学打开笔记夹,看了看,说:"你上次最后说:'现在已经有空袭警报,我们下课。'"

这个故事说明昆明警报之多。我刚到昆明的头二年,三九、四〇年,三天两头有警报。有时每天都有,甚至一天有两次。昆明那时几乎说不上有空防力量,日本飞

* 初刊于《滇池》一九八五年第三期,初收于《汪曾祺自选集》。

机想什么时候来就来。有时竟至在头一天广播：明天将有二十七架飞机来昆明轰炸。日本的空军指挥部还真言而有信，说来准来！

一有警报，别无他法，大家就都往郊外跑，叫做"跑警报"。"跑"和"警报"联在一起，构成一个语词，细想一下，是有些奇特的，因为所跑的并不是警报。这不像"跑马"、"跑生意"那样通顺。但是大家就这么叫了，谁都懂，而且觉得很合适。也有叫"逃警报"或"躲警报"的，都不如"跑警报"准确。"躲"，太消极；"逃"又太狼狈。唯有这个"跑"字于紧张中透出从容，最有风度，也最能表达丰富生动的内容。

有一个姓马的同学最善于跑警报。他早起看天，只要是万里无云，不管有无警报，他就背了一壶水，带点吃的，夹着一卷温飞卿或李商隐的诗，向郊外走去。直到太阳偏西，估计日本飞机不会来了，才慢慢地回来。这样的人不多。

警报有三种。如果在四十多年前向人介绍警报有几种，会被认为有"神经病"，这是谁都知道的。然而对今天的青年，却是一项新的课题。一曰"预行警报"。

联大有一个姓侯的同学，原系航校学生，因为反应迟钝，被淘汰下来，读了联大的哲学心理系。此人对于航空旧情不忘，曾用黄色的"标语纸"贴出巨幅"广告"，举行学术报告，题曰《防空常识》。他不知道为什么对"警报"特别敏感。他正在听课，忽然跑了出去，站在"新校舍"的南北通道上，扯起嗓子大声喊叫："现在有预行警报，五华山挂了三个红球！"可不！抬头望南一看，五华山果然挂起了三个很大的红球。五华山是昆明的制高点，红球挂出，全市皆见。我们一直很奇怪：他在教室里，正在听讲，怎么会"感觉"到五华山挂了红球呢？——教室的门窗并不都正对五华山。

一有预行警报，市里的人就开始向郊外移动。住在翠湖迤北的，多半出北门或大西门，出大西门的似尤多。大西门外，越过联大新校门前的公路，有一条由南向北的用浑圆的石块铺成的宽可五六尺的小路。这条路据说是古驿道，一直可以通到滇西。路在山沟里。平常走的人不多。常见的是驮着盐巴、碗糖或其他货物的马帮走过。赶马的马锅头侧身坐在木鞍上，从齿缝里咝咝地吹出口哨（马锅头吹口哨都是这种吹法，没有撮唇而吹的），或低声唱着呈贡"调子"：

哥那个在至高山那个放呀放放牛，

妹那个在至花园那个梳那个梳梳头。

哥那个在至高山那个招呀招招手，

妹那个在至花园点那个点点头。

这些走长道的马锅头有他们的特殊装束。他们的短裤外都套了一件白色的羊皮背心,脑后挂着漆布的凉帽,脚下是一双厚牛皮底的草鞋状的凉鞋,鞋帮上大都绣了花,还钉着亮晶晶的"鬼眨眼"亮片。——这种鞋似只有马锅头穿,我没见从事别种行业的人穿过。马锅头押着马帮,从这条斜阳古道上走过,马项铃哗棱哗棱地响,很有点浪漫主义的味道,有时会引起远客的游子一点淡淡的乡愁……

有了预行警报,这条古驿道就热闹起来了。从不同方向来的人都涌向这里,形成了一条人河。走出一截,离市较远了,就分散到古道两旁的山野,各自寻找一个合适的地方呆下来,心平气和地等着,——等空袭警报。

联大的学生见到预行警报,一般是不跑的,都要等听到空袭警报:汽笛声一短一长,才动身。新校舍北边围墙上有一个后门,出了门,过铁道(这条铁道不知起讫地点,从来也没见有火车通过),就是山野了。要走,完全来得及。——所以雷先生才会说"现在已经有空袭警报"。只有预行警报,联大师生一般都是照常上课的。

跑警报大都没有准地点,漫山遍野。但人也有习惯性,跑惯了哪里,愿意上哪里。大多是找一个坟头,这样可以靠靠。昆明的坟多有碑，碑上除了刻下坟主的名讳，还刻出"×山×向"，并开出坟茔的"四至"。这风俗我在别处还未见过。这大概也是一种古风。

说是漫山遍野，但也有几个比较集中的"点"。古驿道的一侧，靠近语言研究所资料馆不远，有一片马尾松林，就是一个点。这地方除了离学校近，有一片碧绿的马尾松，树下一层厚厚的干了的松毛，很软和，空气好，——马尾松挥发出很重的松脂气味，晒着从松枝间漏下的阳光，或仰面看松树上面蓝得要滴下来的天空，都极舒适外，是因为这里还可以买到各种零吃。昆明做小买卖的，有了警报，就把担子挑到郊外来了。五味俱全，什么都有。最常见的是"丁丁糖"。"丁丁糖"即麦芽糖，也就是北京人祭灶用的关东糖，不过做成一个直径一尺多，厚可一寸许的大糖饼，放在四方的木盘上，有人掏钱要买，糖贩即用一个刨刀形的铁片楔入糖边，然后用一个小小的铁锤，一击铁片，丁的一声，一块糖就震裂下来了，——所以叫做"丁丁糖"。其次是炒松子。昆明松子极多，个大皮薄仁饱，很香，也很便宜。我们有时能在松树下面捡到一个很大的成熟了的生的松球，就掰开鳞瓣，一颗一颗地吃起来。——那时候，我们的牙都很好，那么硬的松子壳，一嗑就开了！

另一个集中点比较远，得沿古驿道走出四五里，驿道右侧较高的土山上有一横断的山沟（大概是哪一年地震造成的），沟深约三丈，沟口有二丈多宽，沟底也宽有六七尺。这是一个很好的天然防空沟，日本飞机若是投弹，只要不是直接命中，落在沟里，即便是在沟顶上爆炸，弹片也不易蹦进来。机枪扫射也不要紧，沟的两壁是死角。这道沟可以容数百人。有人常到这里，就利用闲空，在沟壁上修了一些私人专用的防空洞，大小不等，形式不一。这些防空洞不仅表面光洁，有的还用碎石子或碎瓷片嵌出图案，缀成对联。对联大都有新意。我至今记得两副，一副是：

人生几何

恋爱三角

一副是：

见机而作

入土为安

对联的嵌缀者的闲情逸致是很可叫人佩服的。前一副也许是有感而发，后一副却是记实。

警报有三种。预行警报大概是表示日本飞机已经起飞。拉空袭警报大概是表示日本飞机进入云南省境了，但是进云南省不一定到昆明来。等到汽笛拉了紧急警报：连续短音,这才可以肯定是朝昆明来的。空袭警报到紧急警报之间,有时要间隔很长时间,所以到了这里的人都不忙下沟,——沟里没有太阳,而且过早地像云冈石佛似的坐在洞里也很无聊,大都先在沟上看书、闲聊、打桥牌。很多人听到紧急警报还不动,因为紧急警报后日本飞机也不定准来,常常是折飞到别处去了。要一直等到看见飞机的影子了,这才一骨碌站起来,下沟,进洞。联大的学生,以及住在昆明的人,对跑警报太有经验了,从来不仓皇失措。

上举的前一副对联或许是一种泛泛的感慨,但也是有现实意义的。跑警报是谈恋爱的机会。联大同学跑警报时,成双作对的很多。空袭警报一响,男的就在新校舍的路边等着,有时还提着一袋点心吃食,宝珠梨、花生米……他等的女同学来了,"嗨!"于是欣然并肩走出新校舍的后门。跑警报说不上是同生死,共患难,但隐隐约约有那么一点危险感,和看电影、遛翠湖时不同。这一点危险使两方的关系更加亲近了。女同学乐于有人伺候,男同学也正好殷勤照顾,表现一点骑士风度。正如孙悟空在高老庄所说:"一来医得眼好,二来又照顾了郎中,这是凑四合六的买卖。"从这点来说,跑警报是颇为罗曼蒂克的。有恋爱,就有三角,有失恋。跑警报的"对儿"并非总是固定的,有时一方被另一方"甩"了,两人"吹"了,"对儿"就要重新组合。写(姑且叫做"写"吧)那副对联的,大概就是一位被"甩"的男同学。不过,也不一定。

警报时间有时很长,长达两三个小时,也很"腻歪"。紧急警报后,日本飞机轰炸已毕,人们就轻松下来。不一会,"解除警报"响了:汽笛拉长音,大家就起身拍拍尘土,络绎不绝地返回市里。也有时不等解除警报,很多人就往回走:天上起了乌云,要下雨了。一下雨,日本飞机不会来。在野地里被雨淋湿,可不是事!一有雨,我们有一个同学一定是一马当先往回奔,就是前面所说那位报告预行警报的姓侯的。他奔回新校舍,到各个宿舍搜罗了很多雨伞,放在新校舍的后门外,见有女同学来,就递过一把。他怕这些女同学挨淋。这位侯同学长得五大三粗,却有一副贾宝玉的心肠。大概是上了吴雨僧先生的《红楼梦》的课,受了影响。侯兄送伞,已成定例。警报下雨,一次不落。名闻全校,贵在有恒。——这些伞,等雨住后他还会到南院女生宿舍去敛回来,再归还原主的。

跑警报,大都要把一点值钱的东西带在身边。最方便的是金子,——金戒指。有一位哲学系的研究生曾经作了这样的逻辑推理:有人带金子,必有人会丢掉金子,有人丢金子,就会有人捡到金子,我是人,故我可以捡到金子。因此,他跑警报时,特别是解除警报以后,他每次都很留心地巡视路面。他当真两次捡到过金戒指!逻辑推理有此妙用,大概是教逻辑学的金岳霖先生所未料到的。

联大师生跑警报时没有什么可带,因为身无长物,一般大都是带两本书或一册论文的草稿。有一位研究印度哲学的金先生每次跑警报总要提了一只很小的手提箱。箱子里不是什么别的东西,是一个女朋友写给他的信——情书。他把这些情书视如性命,有时也会拿出一两封来给别人看。没有什么不能看的,因为没有卿卿我我的肉麻的话,只是一个聪明女人对生活的感受,文字很俏皮,充满了英国式的机智,是一些很漂亮的 Essay,字也很秀气。这些信实在是可以拿来出版的。金先生辛辛苦苦地保存了多年,现在大概也不知去向了,可惜。我看过这个女人的照片,人长得就像她写的那些信。

联大同学也有不跑警报的,据我所知,就有两人。一个是女同学,姓罗。一有警报,她就洗头。别人都走了,锅炉房的热水没人用,她可以敞开来洗,要多少水有多少水!另一个是一位广东同学,姓郑。他爱吃莲子。一有警报,他就用一个大漱口缸到锅炉火口上去煮莲子。警报解除了,他的莲子也烂了。有一次日本飞机炸了联大,昆中北院、南院,都落了炸弹,这位郑老兄听着炸弹乒乒乓乓在不远的地方爆炸,依然在新校舍大图书馆旁的锅炉上神色不动地搅和他的冰糖莲子。

抗战期间,昆明有过多少次警报,日本飞机来过多少次,无法统计。自然也死了一些人,毁了一些房屋。就我的记忆,大东门外,有一次日本飞机机枪扫射,田地里死的人较多。大西门外小树林里曾炸死了好几匹驮木柴的马。此外似无较大伤亡。警报、轰炸,并没有使人产生血肉横飞,一片焦土的印象。

日本人派飞机来轰炸昆明,其实没有什么实际的军事意义,用意不过是吓唬吓唬昆明人,施加威胁,使人产生恐惧。他们不知道中国人的心理是有很大的弹性的,不那么容易被吓得魂不附体。我们这个民族,长期以来,生于忧患,已经很"皮实"了,对于任何猝然而来的灾难,都用一种"儒道互补"的精神对待之。这种"儒道互补"的真髓,即"不在乎"。这种"不在乎"精神,是永远征不服的。

为了反映"不在乎",作《跑警报》。

一九八四年十二月六日

昆明的果品

梨

我们刚到昆明的时候,满街都是宝珠梨。宝珠梨形正圆,——"宝珠"大概即由此得名,皮色深绿,肉细嫩无渣,味甜而多汁,是梨中的上品。我吃过河北的鸭梨、山东的莱阳梨、烟台的茄梨……宝珠梨的味道和这些梨都不相似。宝珠梨有宝珠梨的特点。只是因为出在云南,不易远运,外省人知道的不多,名不甚著。

昆明卖梨的办法颇为新鲜,论"十",不论斤,"几文一十",一次要买就是十个;三个、五个,不卖。据说这是因为卖梨的不会算帐,零买,他不知道要多少钱。恐怕

* 初刊于《滇池》一九八五年第四期,初收于《蒲桥集》。

也不见得，这只是一种古朴的习惯而已。宝珠梨大小都差不多，很"匀溜"，没有太大和很小的，论十要价，倒也公道。我们那时的胃口也很惊人，一次吃下十只梨不算一回事。现在这种"论十"的办法大概已经改变了，想来已经都用磅秤约斤了。

还有一种梨叫"火把梨"，即北方的红绡梨，所以名为火把，是因为皮色黄里带红，有的竟是通红的。这种梨如果挂在树上，太阳一照，就更像是一个一个点着了的小火把了。火把梨味道远不如宝珠梨，——酸！但是如果走长路，带几个在身上，到中途休憩时，嚼上两个，是很能"杀渴"的。

我曾和几个朋友骑马到金殿。下马后，买了十个火把梨。赶马的（昆明租马，马的主人大都要随在马后奔跑）也买了十个。我们买梨是自己吃。赶马的却是给马吃。他把梨托在手里，马就掀动嘴唇，把梨咬破，咯吱咯吱嚼起来。看它一边吃，一边摇脑袋，似乎觉得梨很好吃。我从来没见过马吃梨。看见过马吃梨的人大概不多。吃过梨的马大概也不多。

石 榴

河南石榴,名满天下。"白马甜榴,一实值牛",北魏以来,即有口碑。我在北京吃过河南石榴,觉得盛名之下,其实难副。粒小、色淡、味薄。比起昆明的宜良石榴差得远了。宜良石榴都很大,个个开裂,颗粒甚大,色如红宝石,——有一种名贵的红宝石即名为"石榴米",味道很甜。苏东坡曾谓读贾岛诗如食小鱼,"所得不偿劳",我小时吃石榴,觉得吃得一嘴籽儿,而吮不出多少味道,真是"所得不偿劳",在昆明吃宜良石榴却无此感,觉得很满足,很值得。

昆明有石榴酒,乃以石榴米于白酒中泡成,酒色透明,略带浅红,稍有甜味,仍极香烈。

不知道为什么,昆明人把宜良叫成米良。

桃

昆明桃大别为离核和"面核"两种。桃甚大,一个即可吃饱。我曾在暑假中,在桃子下来的时候,买一个很大的离核黄桃当早点。一掰两半,紫核黄肉,香甜满口,至今难忘。

杨　梅

昆明杨梅名火炭梅,极大极甜,颜色黑紫,正如炽炭。卖杨梅的苗族女孩常用鲜绿的树叶衬着,炎炎熠熠,数十步外,摄人眼目。

木　瓜

此所谓木瓜非华南的番木瓜。

《辞海》:"木瓜,植物名。……亦称'楙榅'。蔷薇科。落叶灌木或小乔木。树皮常作片状剥落,痕迹鲜明。叶椭圆状卵形,有锯齿,嫩叶背面被绒毛。春末夏初开花,花淡红色。果实秋季成熟,长椭圆形,长十至十五厘米,淡黄色,味酸涩,有香气。……"

木瓜我是很熟悉的,我的家乡有。每当炎暑才退,菊绽蟹肥之际,即有木瓜上市。但是在我的家乡,木瓜只是用来闻香的。或放在瓷盘里,作为书斋清供;或取其体小形正者于手中把玩,没有吃的。且不论其味酸涩,就是那皮肉也是硬得咬不动的。至于木瓜可以入药,那我是知道的。

我到昆明,才第一次知道木瓜可以吃。昆明人把木瓜切成薄片,浸泡在水里(水里不知加了什么东西),用一个桶形的玻璃罐子装着,于水果店的柜台上出卖。我吃过,微酸,不涩,香脆爽口,别有风味。

中国古代大概是吃木瓜的。唐以前我不知道。宋代人肯定是吃的。《东京梦华录·是(六)月巷陌杂卖》有"药木瓜、水木瓜"。《梦粱录·果之品》:"木瓜,青色而小,土人鬻片爆熟,入香药货之;或糖煎,名爊木瓜。"《武林旧事·果子》有"爊木瓜",《凉水》有"木瓜汁"。看来昆明市上所卖的木瓜当是"水木瓜"。浸泡木瓜的水即当是"木瓜汁"。至于"爊木瓜"则我于昆明尚未见过,这大概是以药物泡制,如广东的陈皮梅、泉州的霉姜一类的东西,木瓜的本味已经保存不多了。

我觉得昆明吃木瓜的方法可以在全国推广。吃木瓜,从某种意义上,也可以说是我们国家的一项文化遗产。

地　瓜

地瓜不是水果，但对吃不起水果的穷大学生来说，它也就算是水果了。

地瓜，湖南、四川叫做凉薯或良薯。它的好处是可以不用刀削皮，用手指即可沿藤茎把皮撕净，露出雪白的薯肉。甜，多水。可以解渴，也可充饥。这东西有一股土腥气。但是如果没有这点土腥气，地瓜也就不成其为地瓜了，它就会是另外一种什么东西了。正是这点土腥气让我想起地瓜，想起昆明，想起我们那一段穷日子，非常快乐的穷日子。

胡萝卜

联大的女同学吃胡萝卜成风。这是因为女同学也穷，而且馋。昆明的胡萝卜也很好吃。昆明的胡萝卜是浅黄色的，长至一尺以上，脆嫩多汁而有甜味，胡萝卜味儿也不是很重。胡萝卜有胡萝卜素，含维生素 C，对身体有益，这是大家都知道的。不知道是谁提出，胡萝卜还含有微量的砒，吃了可以驻颜。这一来，女同学吃胡萝卜的就更多了。她们常常一把一把地买来吃。一把有十多根。她们一边谈着克列斯丁娜·罗赛蒂的诗、布朗底的小说，一边咯吱咯吱地咬胡萝卜。

核 桃 糖

昆明的核桃糖是软的，不像稻香村卖的核桃占或椒盐胡桃。把蔗糖熬化，倾在瓷盆里，和核桃肉搅匀，反扣在木板上，就成了。卖的时候用刀沿边切块卖，就跟北京卖切糕似的。昆明核桃糖极便宜，便宜到令人不敢相信。华山南路口，青莲街拐角，直对逼死坡，有一家，高台阶门脸，卖核桃糖。我们常常从市里回联大，路过这一家，花极少的钱买一大块，边吃边走，一直走进翠湖，才能吃完。然后在湖水里洗洗手，到茶馆里喝茶。核桃在有些地方是贵重的山果，在昆明不算什么。

糖炒栗子

昆明的糖炒栗子,天下第一。第一,栗子都很大。第二,炒得很透,颗颗裂开,轻轻一捏,外壳即破,栗肉迸出,无一颗"护皮"。第三,真是"糖炒栗子",一边炒,一边往锅里倒糖水,甜味透心。在昆明吃炒栗子,吃完了非洗手不可,——指头上粘得都是糖。

呈贡火车站附近,有一大片栗树林,方圆数里。树皆合抱,枝叶浓密,树上无虫蚁,树下无杂草,干净之极,我曾几次骑马过栗树林,如入画境。

昆明的花

茶　花

张岱的文章里不止一次提到"滇茶一本",云南茶花驰名久矣。茶花曾被选为云南省花。曾见过一本《云南茶花》照相画册,印制得很精美,大概就是那一年编印的。茶花品种很多,颜色、花形各异。滇茶为全国第一,在全世界也是有数的。这大概是因为云南的气候土壤都于茶花特别相宜。

西山某寺(偶忘寺名)有一棵很大的红茶花。一棵茶花,占了大雄宝殿前的院子的一多半,——寺庙的庭院都

---

* 初刊于《滇池》一九八六年第三期,初收于北师大版《汪曾祺全集》第三卷。

是很大的。花开时，至少有上百朵，花皆如汤碗口大。碧绿的厚叶子，通红的花头，使人不暇仔细观赏，只觉得烈烈轰轰的一大片，真是壮观。寺里的和尚怕树身负担不了那么多花头的重量，用杉木搭了很大的架子，支撑着四面的枝条。我一生没有看见过这样高大的茶花。

茶花的花期很长。我似乎没有见过一朵凋败在树上的茶花。这也是茶花的可贵处。

汤显祖把他的居室名为"玉茗堂"。俞平伯先生在一篇文章里说，玉茗是一种名贵的白茶花。我在《云南茶花》那本画册里好像没有发现"玉茗"这一名称。不过我相信云南是一定有玉茗的，也许叫做什么别的名字。

樱　花

春雨既足，风和日暖，圆通公园樱花盛开。花开时，游人很多，蜜蜂也很多。圆通公园多假山，樱花就开在假山的上上下下。樱花无姿态，花形也平常，不耐细看，但是当得一个"盛"字。那么多的花，如同明霞绛雪，真是热闹！身在耀眼的花光之中，满耳是嗡嗡的蜜蜂声音，使人觉得有点晕晕忽忽的。此时人与樱花已经融为一体。风和日暖，人在花中，不辨为人为花。

兰　花

曾到一位绅士家作客，——他的女儿是我们的同学。这位绅士曾经当过一任教育总长，多年闲居在家，每天除了看看报纸，研究在很远的地方进行的战争，谈谈中国的线装书和法国小说，剩下的嗜好是种兰花。他的客厅里摆着几十盆兰花。这间屋子仿佛已为兰花的香气所窨透，纱窗竹帘，无不带有淡淡的清香。屋里屋外都静极了。坐在这间客厅里，用细瓷盖碗喝着"滇绿"，看看披拂的兰叶，清秀素雅的兰花箭子，闻嗅着兰花的香气，真不知身在何世。

我的一位老师曾在呈贡桃源住过几年。他的房东也是爱种兰花的。隔了差不多四十年，这位先生还健在，已经是一位老者了。经过"文化大革命"，他的兰花居然能保存了下来。他的女儿要到北京来玩，劝说她父亲也到北京走走，老人不同意，他说："我的这些兰花咋个整？"

缅 桂 花

昆明缅桂花多,树大,叶茂,花繁。每到雨季,一城都是缅桂花的浓香,我已于《昆明的雨》中说及,不复赘。

粉 团 花

粉团花即绣球。昆明人谓之"粉团",亦有理致。

云南民歌:"阿妹好像粉团花",用绣球花来比拟少女,别处的民歌里好像还未见过。于此可见云南绣球甚多,遍布城乡,所以歌手们能近取譬。

康乃馨 菖兰 夜来香

康乃馨昆明人谓之洋牡丹,菖兰即剑兰,夜来香在有的地方叫做晚香玉。这都是插瓶的花。康乃馨有红的、粉的、白的。菖兰的颜色更多,粉色的,白色的,黄色的,紫得发黑的。夜来香洁白如玉。昆明近日楼有一个很大的花市，卖花人把水灵灵的鲜花摊在一片芭蕉叶上卖。鲜花皆烂贱，买一大把鲜花和称二斤青菜的价钱差不多。

美人蕉和波斯菊

波斯菊叶子极细碎轻柔。花粉紫色，单瓣；瓣极薄。微风吹拂，花叶动摇，如梦如烟。

我原以为波斯菊只有南方有，后来在张家口坝上沽源县的街头也看见了这种花，只是塞北少雨水，花开得不如昆明滋润。在沽源看见波斯菊使我非常惊喜，因为它使我一下子想起了昆明。

波斯菊真是从波斯传来的么？那么你是一位远客了。

昆明的美人蕉皆极壮大，花也大，浓红如鲜血。红花绿叶，对比鲜明。我曾到郊区一中学去看一个朋友，未遇。学校已经放了暑假，一个人没有，安安静静的，校园的花圃里一大片美人蕉赫然地开着鲜红鲜红的大花。我感到一种特殊的，颜色强烈的寂寞。

叶 子 花

叶子花别处好像是叫做三角梅,昆明人就老实不客气地叫它叶子花,因为它的花瓣和叶子完全一样,只是长条的顶端的十几撮花的颜色是紫红的,而下边的叶子是深绿的。青莲街拐角有一家很大的公馆,围墙的墙头上种的都是叶子花。墙头上种花,少有。

报 春 花

我想查一查报春花的资料。家里只有一本《辞海》。我相信《辞海》里是不会收这一条的。报春花不是名花。但我还是抱着姑且查查看的心情翻开了《辞海》,不料竟有!

> 报春花……一年生草本。叶基生,长卵形,顶端圆钝,基部楔形或心形,边缘有不整齐缺裂,缺裂具细锯齿,上面被纤毛,下面有白粉或疏毛。秋季开花,花高脚碟状,红色或淡紫色,伞形花序2—4轮,蒴果球形。多生于荒野、田边。原产我国云南、贵州。各地栽培,供观赏。

不错，不错！就是它，就是它！难得是它把报春花描写得这样仔细。尤其使我欢喜的，是它告诉我云南是报春花的老家。

我在北京的一家花店里重遇报春花，栽在花盆里，标价一元一盆。我不禁冷笑了：这种东西也卖钱！我们在昆明市，到田边散步，一扯就是一大把！

一九八五年六月九日

昆明菜

我这篇东西是写给外地人看的,不是写给昆明人看的。和昆明人谈昆明菜,岂不成了笑话!其实不如说是写给我自己看的。我离开昆明整四十年了,对昆明菜一直不能忘。

昆明菜是有特点的。昆明菜——云南菜不属于中国的八大菜系。很多人以为昆明菜接近四川菜,其实并不一样。四川菜的特点是麻、辣。多数四川菜都要放郫县豆瓣、泡辣椒,而且放大量的花椒,——必得是川椒。中国很多省的人都爱吃辣,如湖南、江西,但像四川人那样爱吃花椒的地方不多。重庆有很多小面馆,门面的白墙上

---

* 初刊于《滇池》一九八七年第一期,初收于北师大版《汪曾祺全集》第四卷。

多用黑漆涂写三个大字"麻、辣、烫",老远的就看得见。昆明菜不像四川菜那样既辣且麻。大抵四川菜多浓厚强烈,而昆明菜则比较清淡纯和。四川菜调料复杂,昆明菜重本味。比较一下怪味鸡和汽锅鸡,便知二者区别所在。

汽 锅 鸡

中国人很会吃鸡。广东的盐焗鸡,四川的怪味鸡,常熟的叫花鸡,山东的炸八块,湖南的东安鸡,德州的扒鸡……。如果全国各种做法的鸡来一次大奖赛,哪一种鸡该拿金牌?我以为应该是昆明的汽锅鸡。

是什么人想出了这种非常独特的吃法?估计起来,先得有汽锅,然后才有汽锅鸡。汽锅以建水所制者最佳。现在全国出陶器的地方都能造汽锅,如江苏的宜兴。但我觉得用别处出的汽锅蒸出来的鸡,都不如用建水汽锅做出的有味。这也许是我的偏见。汽锅既出在建水,那么,昆明的汽锅鸡也可能是从建水传来的吧?

原来在正义路近金碧路的路西有一家专卖汽锅鸡。这家不知有没有店号,进门处挂了一块匾,上书四个大字:"培养正气"。因此大家就径称这家饭馆为"培养正气"。

过去昆明人一说："今天我们培养一下正气"，听话的人就明白是去吃汽锅鸡。"培养正气"的鸡特别鲜嫩，而且屡试不爽。没有哪一次去吃了，会说"今天的鸡差点事！"所以能永远保持质量，据说他家用的鸡都是武定肥鸡。鸡瘦则肉柴，肥则无味。独武定鸡极肥而有味。揭盖之后：汤清如水，而鸡香扑鼻。

听说"培养正气"已经没有了。昆明饭馆里卖的汽锅鸡已经不是当年的味道，因为用的不是武定鸡，什么鸡都有。

恢复"培养正气"，重新选用武定鸡，该不是难事吧？

昆明的白斩鸡也极好。玉溪街卖馄饨的摊子的铜锅上搁一个细铁条箅子，上面都放两三只肥白的熟鸡。随要，即可切一小盘。昆明人管白斩鸡叫"凉鸡"。我们常常去吃，喝一点酒，因为是坐在一张长板凳上吃的，有一个同学为这种做法起了一个名目，叫"坐失（食）良（凉）机（鸡）"。玉溪街卖的鸡据说是玉溪鸡。

华山南路与武成路交界处从前有一家馆子叫"映时春"，做油淋鸡极佳。大块鸡生炸，十二寸的大盘，高高地堆了一盘。蘸花椒盐吃。二十几岁的小伙子，七八个人，人得三五块，顷刻瓷盘见底矣。如此吃鸡，平生一快。

昆明旧有卖爊鸡杂的,挎腰圆食盒,串街唤卖。鸡胗鸡肝皆用篾条穿成一串,如北京的糖葫芦。鸡肠子盘紧如素鸡,买时旋切片。耐嚼,极有味,而价甚廉,为佐茶下酒妙品。估计昆明这样的小吃已经没有了。曾与老昆明谈起,全似孟元老《东京梦华录》中所纪了也。

火 腿

云南宣威火腿与浙江金华火腿齐名,难分高下。金华火腿知道的人多,有许多品级。比较著名的是"雪舫蒋腿"。更高级的,以竹叶薰成的,谓之"竹叶腿"。宣威火腿似没有这么多讲究,只是笼统地叫做火腿。火腿出在宣威,据说宣威家家腌制,而集中销售地则在昆明。正义路牌坊东侧原来有一家火腿庄,除了卖整只、零切的火腿,还卖火腿骨、火腿油。上海卖金华火腿的南货店有时卖"火腿脚爪",单卖火腿油,却没有听说过。火腿骨熬汤,火腿油炖豆腐,想来一定很好吃。

火腿作为提味的配料时多,单吃,似只有一种吃法,蒸熟了切片。从前有蜜炙火腿,不知好吃否。金华火腿按部位分油头、上腰、中腰，——再以下便是脚爪。昆明人吃火腿特重小腿至肘棒的那一部分，谓之"金钱片腿"，因为切开作圆形，当中是精肉，周围是肥肉，带着一圈薄皮。大西门外有一家本地饭馆，不大，很不整洁，但是菜品不少，金钱片腿是必备的。因为赶马的马锅头最爱吃这道菜，——这家饭馆的主要顾客是马锅头。马锅头兄弟一进门，别的菜还没有要，先叫："切一盘金钱片腿！"

一道昆明菜，不是以火腿为主料，但离开火腿却不成的，是"锅贴乌鱼"。这是东月楼的名菜。乃以乌鱼两片（乌鱼必活杀，鱼片须旋批），中夹兼肥带瘦的火腿一片，在平底铛上，以文火烙成，不加任何别的作料。鲜嫩香美，不可名状。

东月楼在护国路，是一家地道的昆明老馆子。除锅贴乌鱼外，尚有酱鸡腿，也极好。听说东月楼现在也没有了。

昆明吉庆祥的火腿月饼甚佳。今年中秋，北京运到一批，买来一尝，滋味犹似当年。

牛　肉

我一辈子没有吃过昆明那样好的牛肉。

昆明的牛肉馆的特别处是只卖牛肉一样，——外带米饭、酒，不卖别的菜肴。这样的牛肉馆，据我所知，有三家。有一家在大西门外凤翥街，因为离西南联大很近，我们常去。我是由这家"学会"吃牛肉的。一家在小东门。而以小西门外马家牛肉馆为最大。楼上楼下，几十张桌子。牛肉馆的牛肉是分门别类地卖的。最常见的是汤片和冷片。白牛肉切薄片，浇滚烫的清汤，为汤片。冷片也是同样旋切的薄片，但整齐地码在盘子里，蘸甜酱油吃（甜酱油为昆明所特有）。汤片、冷片皆极酥软，而不散碎。听说切汤片冷片的肉是整个一边牛蒸熟了的，我有点不相信：哪里有这样大的蒸笼，这样大的锅呢？但切片的牛肉确是很大的大块的。牛肉这样酥软，火候是要很足。有人告诉我，得蒸（或煮？）一整夜。其次是"红烧"。"红烧"不是别的地方加了酱油焖煮的红烧牛肉，也是清汤的，不过大概牛肉曾用红粬染过，故肉呈胭脂红色。"红烧"是切成小块的。这不用牛身上的"好"肉，如胸肉腿肉，带一些"筋头巴脑"，和汤、冷片相较，别是一种滋味。还有几种牛身上的特别部位，也分开卖。却都有代用的别名，不"会"吃的人听不懂，不知道这是什么东西。如牛肚叫"领肝"；牛舌叫"撩青"。很多地方卖舌头都讳言"舌"字，因为"舌"与"蚀"同音。无锡陆稿荐卖猪舌改叫"赚头"。广东饭馆把牛舌叫"牛脷"，其实本是"牛利"，只是加了一个肉月偏旁，以示这是肉食。这都是反"蚀"之意而用之，讨个吉利。把舌头叫成"撩青"，别处没有听说过。稍想一下，是有道理的。牛吃青草，都是用舌头撩进嘴里的。这一别称很形象，但是太费解了。牛肉馆还有牛大筋卖。我有一次同一个女同学去吃马家牛肉馆，她问我："这是什么？"我实在不好回答。我在昆明吃过不少次牛大筋，只是因为它好吃，不是为了壮阳。"领肝"、"撩青"、"大筋"都是带汤的。牛肉馆不卖炒菜。上牛肉馆其实主要是来喝汤的，——汤好。

昆明牛肉馆用的牛都是小黄牛，老牛、废牛是不用的。

吃一次牛肉馆是花不了多少钱的，比一般小饭馆便宜，也好吃，实惠。

马家牛肉馆常有人托一搪瓷茶盘来卖小菜，藠头、腌蒜、腌姜、糟辣椒……有七八样。两三分钱即可买一小碟，极开胃。

马家牛肉店[1]不知还有没有?如果没有了,就太可惜了。

昆明还有牛干巴,乃将牛肉切成长条,腌制晾干。小饭馆有炒牛干巴卖。这东西据说生吃也行。马锅头上路,总要带牛干巴,用刀削成薄片,酒饭均宜。

蒸 菜

昆明尚食蒸菜。正义路原来有一家。蒸鸡、蒸骨、蒸肉。都放在直径不到半尺的小蒸笼中蒸熟。小笼层层相叠,几十笼为一摞,一口大蒸锅上蒸着好几摞。蒸菜都酥烂,蒸鸡连骨头都能嚼碎。蒸菜有衬底。别处蒸菜衬底多为红薯、洋芋、白萝卜,昆明蒸菜的衬底却是皂角仁。皂角仁我是认识的。我们那里的少女绣花,常用小瓷碟蒸十数个皂角仁,用来"光"绒,取其滑润,并增光泽。我没有想到这东西能吃,且好吃。样子也好看,莹洁如玉。这么多的蒸菜,得用多少皂角仁,得多少皂角才能剥出这样多的仁呢?玉溪街里有一家也卖蒸菜。这家所卖蒸菜中有一色 rang 小瓜:小南瓜,挖出瓤,塞入肉蒸熟,很别致。

---

[1] 据上文应为"马家牛肉馆"。——编者注

很多地方都有 rang 菜，rang 冬瓜，rang 茄子，都是塞肉蒸熟的菜。rang 不知道怎么写，一般字典查不到这个字。或写成"酿"，则音义都不对。我们到北京后曾做过 rang 小瓜，终不似玉溪街的味道。大概这家因为是和许多其他蒸菜摆在一起蒸的，鸡、骨、肉的蒸气透入蒸小瓜的笼，故小瓜里的肉有瓜香，而包肉的瓜则带鲜味。单 rang 一瓜，不能腴美。

诸　菌

有朋友到昆明开会，我告诉他到昆明一定要吃吃菌子。他住在一旧交家里，把所有的菌子都吃了。回北京见到我，说："真是好！"

鸡㙡为菌中之王。甬道街有一家专做鸡㙡的馆子。这家还卖苦菜汤，是熬在一口大锅里，非常便宜，好吃。外省人说昆明有三怪：姑娘叫老太，芥菜叫苦菜（还有一"怪"我不记得了）。听昆明人说苦菜不是芥菜，别是一种。

前月有一直住在昆明的老同学来，说鸡㙡出在富民。有一次他们开会，从富民拉了一汽车鸡㙡来，吃得不亦乐乎。鸡𡎺各处皆有，富民可能出得多一些。

青头菌、牛肝菌、干巴菌、鸡油菌，我在别的文章里已写过，不重复。昆明诸菌总宜鲜吃。鸡𡎺可制成油鸡𡎺，干巴菌可晾成干，可致远，然而风味减矣。

乳扇、乳饼

乳扇是晾干的奶皮子，乳饼即奶豆腐。这种奶制品我颇怀疑是元朝的蒙古兵传入云南的。然而蒙古人的奶制品只是用来佐奶茶，云南则作为菜肴。这两样其实只能"吃着玩"，不下饭的。

炒鸡蛋

炒鸡蛋天下皆有。昆明的炒鸡蛋特泡。一颠翻面，两颠出锅，动锅不动铲。趁热上桌，鲜亮喷香，逗人食欲。

番茄炒鸡蛋，番茄炒至断生，仍有清香，不疲软，鸡蛋成大块，不发死。番茄与鸡蛋相杂，颜色仍分明，不像北方的西红柿炒鸡蛋,炒得"一塌胡涂"。

映时春有雪花蛋,乃以鸡蛋清、温熟猪油于小火上,不住地搅拌,猪油与蛋清相入,油蛋交融。嫩如鱼脑,洁白而有亮光。入口即已到喉,齿舌都来不及辨别是何滋味,真是一绝。另有桂花蛋,则以蛋黄以同法制成。雪花蛋、桂花蛋上都洒了一层瘦火腿末,但不宜多,多则掩盖鸡蛋香味。鸡蛋这样的做法,他处未见。我在北京曾用此法作一盘菜待客,吹牛说"这是昆明做法"。客人尝后,连说"不错!不错!"且到处宣传。其实我做出的既不是雪花蛋,也不是桂花蛋,简直有点像山东的"假螃蟹"了!

炒 青 菜

袁子才《随园食单》指出:炒青菜须用荤油,炒荤菜当用素油,很有道理。昆明炒青菜都用猪油。昆明的青菜炒得好,因为:菜新鲜,油多,火暴,慎用酱油,起锅时一般不烹水或烹水极少,不盖锅(饭馆里炒青菜多不盖锅),或盖锅时间至短。这样炒出来的青菜不失菜味,且不变色,视之犹如从园中初摘出来的一样。

菜花昆明叫椰花菜。北京炒菜花先以水焯过,再炒。这样就不如干脆加水煮成奶油菜花汤了。昆明炒椰花菜皆生炒,脆而不梗,干干净净。如加火腿,尤妙。

炒包谷只有昆明有。每年北京嫩玉米上市时,我都买一些回来抠出玉米粒加瘦肉末炒了吃。有亲戚朋友来,觉得很奇怪:"玉米能做菜?"尝了两筷子,都说"好吃"。炒包谷做法简单,在北京的一个很小的范围内已经推广。有一个西南联大的校友请几个老同学上家里聚一聚,特别声明:"今天有一道昆明菜!"端上来,是炒包谷。包谷既老,放了太多的肉,大量酱油,还加了很多水咕嘟了!我跟他说:"你这样的炒包谷,能把昆明人气死。"

临离昆明前我和朱德熙在一家饭馆里吃了一盘肉炒菠菜,当时叫绝,至今不忘。菠菜极嫩(北京人爱吃长成小树一样的菠菜,真不可解),油极大,火甚匀,味极鲜。炒菠菜要尽量少动铲子。频频翻锅,菠菜就会发黑,且有涩味。

黑芥·韭菜花·茄子酢

昆明谓黑大头菜为黑芥。袁子才以为大头菜偏宜肉炒，很对。大头菜得肉，香味才能发出。我们有时几个人在昆明饭馆里吃饭，一看菜不够了，就赶紧添叫一盘黑芥炒肉。一则这个菜来得快；二则极下饭，且经吃。

韭菜花出曲靖。名为韭菜花，其实主料是切得极细晾干的萝卜丝。这是中国咸菜里的"神品"。这一味小菜按说不用多少成本，但价钱却颇贵，想是因为腌制很费工。昆明人家也有自己腌韭菜花的。这种韭菜花和北京吃涮羊肉作调料的韭菜花不是一回事，北京人万勿误会。

茄子酢是茄子切细丝，风干，封缸，发酵而成。我很怀疑这属于古代的菹。菹，郭沫若以为可能是泡菜。《说文解字》"菹"字下注云："酢菜也"，我觉得可能就是茄子酢一类的东西。中国以酢为名的小菜别处也有，湖南有"酢辣子"。古书里凡从酉的字都跟酒有点关系。茄子酢和酢辣子都是经过酒化了的，吃起来带酒香。

观 音 寺

我在观音寺住过一年。观音寺在昆明北郊,是一个荒村,没有什么寺。——从前也许有过。西南联大有几个同学,心血来潮,办了一所中学。他们不知通过什么关系,在观音寺找了一处校址。这原是资源委员会存放汽油的仓库,废弃了。我找不到工作,闲着,跟当校长的同学说一声,就来了。这个汽油仓库有几间比较大的屋子,可以当教室,有几排房子可以当宿舍,倒也像那么一回事。房屋是简陋的,瓦顶、土墙,窗户上没有玻璃。——那些五十三加仑的汽油桶是不怕风雨的。没有玻璃有什么关系!我们在联大新校舍住了四年,窗户上都没有玻璃。在窗格上糊了桑皮纸,抹一点青桐油,亮堂堂的,挺有意

* 初刊于《滇池》一九八七年第六期,初收于《蒲桥集》。

境。教员一人一间宿舍,室内床一、桌一、椅一。还要什么呢?挺好。每个月还有一点微薄的薪水,饿不死。

这地方是相当野的。我来的前一学期,有一天,薄暮,有一个赶马车的被人捅了一刀,——昆明市郊之间通马车,马车形制古朴,一个有篷的车厢,厢内两边各有一条木板,可以坐八个人,马车和身上的钱都被抢去了,他手里攥着一截突出来的肠子,一边走,一边还问人:"我这是什么?我这是什么?"

因此这个中学里有几个校警,还有两支老旧的七九步枪。

学校在一条不宽的公路边上,大门朝北。附近没有店铺,也不见有人家。西北围墙外是一个孤儿院。有二三十个孩子,都挺瘦。有一个管理员。这位管理员不常出来,不知道是什么样子,但是他的声音我们很熟悉。他每天上午、下午都要教这些孤儿唱戏。他大概是云南人,教唱的却是京戏。而且老是那一段:《武家坡》。他唱一句,孤儿们跟着唱一句。"一马离了西凉界,"——"一马离了西凉界";"不由人一阵阵泪洒胸怀,"——"不由人一阵阵泪洒胸怀"。听了一年《武家坡》,听得人真想泪洒胸怀。

孤儿院的西边有一家小茶馆,卖清茶,葵花子,有时也有两块芙蓉糕。还卖市酒。昆明的白酒分升酒(玫瑰重升)和市酒。市酒是劣质白酒。

再往西去,有一个很奇怪的单位,叫做"灭虱站"。这还是一个国际性的机构,是美国救济总署办的,专为国民党的士兵消灭虱子。我们有时看见一队士兵开进大门,过了一会,在我们附近散了一会步之后,又看见他们开了出来。听说这些兵进去,脱光衣服,在身上和衣服上喷一种什么药粉,虱子就灭干净了。这有什么用呢?过几天他们还不是浑身又长出虱子来了么?

我们吃了午饭、晚饭常常出去散步。大门外公路对面是一大片农田。田里种的不是稻麦,却是胡萝卜。昆明的胡萝卜很好,浅黄色,粗而且长,细嫩多水分,味微甜。联大学生爱买了当水果吃,因为很便宜。女同学尤其爱吃,因为据说这种胡萝卜含少量的砒,吃了可以驻颜。常常看见几个女同学一人手里提了一把胡萝卜。到了宿舍里,嘎吱嘎吱地嚼。胡萝卜田是很好看的。胡萝卜叶子琐细,颜色浓绿,密密地,把地皮盖得严严的,说它是"堆锦积绣",毫不为过。再往北,有一条水渠。渠里不常有水。渠沿两边长了很多木香花。开花的时候白灿灿的耀人眼目,香得不得了。

学校后面——南边是一片丘陵。山上有一口池塘。这池塘下面大概有泉眼,所以池水常满,很干净。这样的池塘按云南人的习惯应该叫做"龙潭"。龙潭里有鱼，鲫鱼。我们有时用自制的鱼竿来钓鱼。这里的鱼未经人钓过，很易上钩。坐在这样的人迹罕到的池边，仰看蓝天白云，俯视钓丝，不知身在何世。

东面是坟。昆明人家的坟前常有一方平地，大概是为了展拜用的。有的还有石桌石凳，可以坐坐。这里有一些矮柏树，到处都是蓝色的野菊花和报春花。这种野菊花非常顽强，连根拔起来养在一个破钵子里，可以开很长时间的花。这里后来成了美国兵开着吉普带了妓女来野合的场所。每到月白风清的夜晚，就可以听到公路上不断有吉普车的声音。美国兵野合，好像是有几个集中的地方的，并不到处撒野。他们不知怎么看中了这个地方。他们扔下了好多保险套，白花花的，到处都是。后来我们就不大来了。这个玩意，总是不那么雅观。

我们的生活很清简。教书、看书。打桥牌，聊大天。吃野菜，吃灰菜、野苋菜。还吃一种叫做豆壳虫的甲虫。我在小说《老鲁》里写的，都是真事。喔，我们还演过话剧，《雷雨》，师生合演。演周萍的叫王惠。这位老兄一到了台上简直是晕头转向。他站错了地位，导演着急，在布景后面叫他："王惠，你过来！"他以为是提词，就在台上大声嚷嚷："你过来！"弄得同台的演员莫名其妙。他忘了词,无缘无故在台上大喊:"鲁贵!"我演鲁贵,心说:坏了,曹禺的剧本里没有这一段呀!没法子,只好上去,没话找话:"大少爷,您明儿到矿上去,给您预备点什么早点?煮几个鸡蛋吧!"他总算明白过来了:"好,随便,煮鸡蛋!去吧!"

生活清贫,大家倒没有什么灾病。王惠得了一次破伤风,——打篮球碰破了皮,感染了。有一个姓董的同学和另一个同学搭一辆空卡车进城。那个同学坐在驾驶舱里,他靠在卡车后面的挡板上,挡板的铁闩松开了,他摔了下去,等找到他的时候,坏了,他不会说中国话了,只会说英语,而且只有两句:"I am cold,I am hungry."(我冷,我饿)。翻来覆去,说个不停。这二位都治好了。我们那时都年轻,很皮实,不太容易被疾病打倒。

炮仗响了。日本投降那天,昆明到处放炮仗,昆明人就把抗战胜利叫做"炮仗响了"。这成了昆明人计算时间的标记,如:"那会炮仗还没响","这是炮仗响了之后一个月的事情"。大后方的人纷纷忙着"复员",我们的同学也有的联系汽车,计划着"青春作伴好还乡"。有些因为种种原因,一时回不去,不免有点恓恓惶惶。有人抄了一首唐诗贴在墙上:

故园东望路漫漫,

双袖龙钟泪不干,

马上相逢无纸笔,

凭君传语报平安。

诗很对景,但是心情其实并不那样酸楚。昆明的天气这样好,有什么理由急于离开呢?这座中学后来迁到篆塘到大观楼之间的白马庙,我在白马庙又接着教了一年,到一九四六年八月,才走。

童歌小议

少年谐谑

我的孩子（他现在已经当了爸爸了）曾在一个"少年之家""上"过。有一次唱歌比赛。几个男孩子上了台。指挥是一个姓肖的孩子，"预备——齐！"几个孩子放声歌唱：

　　排起队，
　　唱起歌，
　　拉起大粪车。
　　花园里，
　　花儿多，

---

* 初刊于《民间文学论坛》一九八七年第一期，初收于《蒲桥集》。

马蜂蜇了我!

表情严肃,唱得很齐。

少年之家的老师傻了眼了:这是什么歌?

一个时期,北京的孩子(主要是女孩子)传唱过一首歌:

> 小孩小孩你别哭,
> 前面就是你大姑。
> 你大姑罗圈腿,
> 走起路来扭屁股,
> ——扭屁股哎嗨哟哦……

这首歌是用山东柳琴的调子唱的,歌词与曲调结合得恰好,而且有山东味儿。

这些歌是孩子们"胡编"出来的。如果细心搜集,单是在北京,就可以搜集到不少这种少年儿童信口胡编的歌。

对于孩子们自己编出来的这样的歌,我们持什么态度?

一种态度是鼓励。截至现在为止,还没有听到一位少儿教育专家提出应该鼓励孩子们这样的创造性。

第二种态度是禁止。禁止不了,除非禁止人有童年。

第三种态度是不管,由它去。少年之家的老师对淘气的男孩子唱那样的歌,不知如何是好,只是傻了眼。"傻了眼"不失为一种明智的态度。

第四种态度是研究它。我觉得孩子们编这样的歌反映了一种逆反心理,甚至是对于强加于他们的过于严肃的生活规范,包括带有教条意味的过于严肃的歌曲的抗议。这些歌是他们自己的歌。

第五种态度是向他们学习。作家应该向孩子学习。学习他们的信口胡编。第一是信口。孩子对于语言的韵律有一种先天的敏感。他们自己编的歌都非常"顺",非常自然,一听就记得住。现在的新诗多不留意韵律,朦胧诗尤其是这样。我不懂,是不是朦胧诗就非得排斥韵律不可?我以为朦胧诗尤其需要韵律。李商隐的不少诗很难"达诂",但是听起来很美。戴望舒的《雨巷》说的是什么?但听起来很美。听起来美,便受到感染,于是似乎是懂了。不懂之懂,是为真懂。其次,是"胡编"。就是说,学习孩子们的滑稽感,学习他们对于生活的并不恶毒的嘲谑态度。直截了当地说:学习他们的胡闹。

但是胡闹是不易学的。这需要才能,我们的胡闹才能已经被孔夫子和教条主义者敲打得一干二净。我们只有正经文学,没有胡闹文学。再过二十年,才许会有。

儿歌的振兴

近些天楼下在盖房子,电锯的声音很吵人。电锯声中,想起有关儿歌的问题。

拉大锯,

扯大锯。

姥姥家,

唱大戏。

请闺女,

接女婿。

小外孙子也要去,

……

这是流传于河北一带的儿歌。流传了不知有几百年了。

拉锯,

送锯。

你来,

我去。

拉一把,

推一把,

哗啦哗啦起风啦

……

这首歌是有谱，可以唱的。我在幼儿园时就唱过。我上幼儿园是五岁，今年六十六了。我的孙女现在还唱这首歌。这首歌也至少有了五十多年的历史了。

这两首儿歌都是"写"得很好的。音节好听，很形象。前一首"拉大锯"是"兴也"，只是起个头，主要情趣在"姥姥家，唱大戏……"。后一首则是"赋也"，更具体地描绘了拉大锯的动作。拉大锯是过去常常可以见到的。两根短木柱，搭起交叉的架子，上面卡放了一根圆木，圆木的一头搭在地上；圆木上弹了墨线；两个人，一个站在圆木上，两腿一前一后，一个盘腿坐在下面，两人各持大锯的木把，"噌、噌、噌"地锯起来，锯末飞溅，墨线一寸一寸减短，圆木"解"成了板子。"拉大锯，扯大锯"，"拉锯，送锯，你来，我去"，如果不对拉锯作过仔细的观察，是不能"写"得如此生动准确的。

但是现在至少在大城市已经难得看见拉大锯的了。现在从外地到北京来给人家打家具的木工，很多都自带了小电锯，解起板子来比鲁班爷传下来的大锯要快得多了。总有一天，大锯会绝迹的。我的孙女虽然还唱、念我曾经唱、念过的儿歌，但已经不解歌词所谓。总有一天，这样的儿歌会消失的。

童歌小议

旧日的儿歌无作者，大都是奶奶、姥姥、妈妈顺口编出来的，也有些是幼儿自己编的，是所谓"天籁"，所以都很美。美在有意无意之间，富于生活情趣，而皆朗朗上口。儿歌引导幼儿对于生活的关心，有助于他们发挥想象，启发他们对语言的欣赏，使他们得到极大的美感享受。儿歌是一个人最初接触的并且影响到他毕生的艺术气质的纯诗。

"拉锯，送锯"可能原有一首只念不唱的儿歌的底子，但也可能是某一关心幼儿教育的作家的作品。如果是专业作家的作品，那么这位作家是了不起的作家。旧儿歌消亡了，将有新儿歌来代替。现在的儿歌大都是创作的。我读了不少我的孙女的"幼儿读物"，觉得新编的儿歌好的不多。政治性太强，过分强调教育意义，概念化，语言不美，声音不好听。看来有些儿歌作者缺乏艺术感，语言功力不够，我希望新儿歌的作者能熟读几百首旧儿歌。我希望有兼富儿童心和母性的大诗人能写写儿歌。

踢毽子

我们小时候踢毽子,毽子都是自己做的。选两个小钱(制钱),大小厚薄相等,轻重合适,叠在一起,用布缝实,这便是毽子托。在毽托一面,缝一截鹅毛管,在鹅毛管中插入鸡毛,便是一只毽子。鹅毛管不易得,把鸡毛直接缝在毽托上,把鸡毛根部用线缠缚结实,使之向上直挺,较之插于鹅毛管中者踢起来尤为得劲。鸡毛须是公鸡毛,用母鸡毛做毽子的,必遭人笑话,只有刚学踢毽子的小毛孩子才这么干。鸡毛只能用大尾巴之前那一部分,以够三寸为合格。鸡毛要"活"的,即从活公鸡的身上拔下来的,这样的鸡毛,用手抹煞几下,往墙上一贴,可以粘住不掉。死鸡毛粘不住。后来我明白,大概活鸡毛经抹煞

---

* 初刊于一九八八年七月十二日《中国体育报》,初收于《蒲桥集》。

会产生静电。活鸡毛做的毽子毛茎柔软而有弹性，踢起来飘逸潇洒。死鸡毛做的毽子踢起来就发死发僵。鸡毛里讲究要"金绒帚子白绒哨子"，即从五彩大公鸡身上拔下来的，毛的末端乌黑闪金光，下面的绒毛雪白。次一等的是芦花鸡毛。赭石的、土黄的，就更差了。我们那里养公鸡的人家很多，入了冬，快腌风鸡了，这时正是公鸡肥壮，羽毛丰满的时候，孩子们早就"贼"上谁家的鸡了，有时是明着跟人家要，有时乘没人看见，摁住一只大公鸡，噌噌拔了两把毛就跑。大多数孩子的书包里都有一两只足以自豪的毽子。踢毽子是乐事，做毽子也是乐事。一只"金绒帚子白绒哨子"，放在桌上看看，也是挺美的。

我们那里毽子的踢法很复杂，花样很多。有小五套，中五套，大五套。小五套是"扬、拐、尖、托、笃"，是用右脚的不同部位踢的。中五套是"偷、跳、舞、环、踩"，也是用右脚踢，但以左脚作不同的姿势配合。大五套则是同时运用两脚踢，分"对、岔、绕、掼、挏"。小五套技术比较简单，运动量较小，一般是女生踢的。中五套较难，大五套则难度很大，运动量也很大。要准确地描述这些踢法是不可能的。这些踢法的名称也是外地人所无法理解的，连用通用的汉字写出来都困难，如"舞"读如"吴"，"掼"读kuàn，"笃"和"挏"都读入声。这些名称当初不知是怎么确立的。我走过一些地方，都没有见到毽子有这样多的踢法。也许在我没有到过的地方，毽子还有更多的踢法。我希望能举办一次全国毽子表演，看看中国的毽子到底有多少种踢法。

踢毽子总是要比赛的。可以单个地赛。可以比赛单项，如"扬"踢多少下，到踢不住为止；对手照踢，以踢多少下定胜负。也可以成套比赛，从"扬、拐、尖、托、笃"、"偷、跳、舞、环、踩"踢到"对、岔、绕、掼、挝"。也可以分组赛。组员由主将临时挑选，踢时一对一，由弱至强，最弱的先踢，最后主将出马，累计总数定胜负。

踢毽子也有名将，有英雄。我有个堂弟曾在县立中学踢毽子比赛中得过冠军。此人从小爱玩，不好好读书，常因国文不及格被一个姓高的老师打手心，后来忽然发愤用功，现在是全国有名的心脏外科专家。他比我小一岁，也已经是抱了孙子的人了，现在大概不会再踢毽子了。我们县有一个姓谢的，能在井栏上转着圈子踢毽子。这可是非常危险的事，重心稍一不稳，就会扑通一声掉进井里！

毽子还有一种大集体的踢法，叫做"嗨（读第一声）卯"。一个人"喂卯"——把毽子扔给嗨卯的，另一个人接到，把毽子使劲向前踢去，叫做"嗨"。嗨得极高，极远。嗨卯只能"扬",——用右脚里侧踢,别种踢法踢不到这样高,这样远。下面有一大群人,见毽子飞来,就一齐纵起身来抢这只毽子。谁抢着了,就有资格等着接递原嗨卯的去嗨。毽子如被喂卯的抢到,则他就可上去充当嗨卯的,嗨卯的就下来喂卯。一场嗨卯,全班同学出动,喊叫喝彩,热闹非常。课间十分钟,一会儿就过去了。

踢毽子是冬天的游戏。刘侗《帝京景物略》云"杨柳死,踢毽子",大概全国皆然。

踢毽子是孩子的事,偶尔见到近二十边上的人还踢,少。北京则有老人踢毽子。有一年,下大雪,大清早,我去逛天坛,在天坛门洞里见到几位老人踢毽子。他们之中最年轻的也有六十多了。他们轮流传递着踢,一个传给一个,这个接过来,踢一两下,传给另一个。"脚法"大都是"扬",间或也来一下"跳"。我在旁边也看了五分钟,毽子始终没有落到地下。他们大概是"毽友",经常,也许是每天在一起踢。老人都腿脚利落,身板挺直,面色红润,双眼有光。大雪天,这几位老人是一幅画,一首诗。

一九八八年六月六日

一个暑假

我的家乡人要出一本韦鹤琴先生纪念册,来信嘱写一篇小序。我觉得这篇序由我来写不合适,我是韦先生受业弟子,弟子为老师的纪念册写序,有些僭妄,而且我和韦先生接触不多,对他的生平不了解,建议这篇序还是请邑中耆旧和韦先生熟识的来写,我只寄去一首小诗:

绿纱窗外树扶疏,

长夏蝉鸣课楷书,

指点桐城申义法,

江湖满地一纯儒。

诗后加了一个附注:

---

* 初刊于《收获》一九九八年第一期,初收于北师大版《汪曾祺全集》第六卷。

小学毕业之暑假,我在三姑父孙石君家从韦先生学。韦先生每日讲桐城派古文一篇,督临《多宝塔》一纸。我至今作文写字,实得力于先生之指授。忆我从学之时,已经六十年矣,而先生之声容态度,闲闲雅雅,犹在耳目。

关于这个附注,也还需要再作一点说明。我的三姑父——我的家乡对姑妈有一个奇怪的称呼,叫"摆摆",姑父则叫"姑摆摆",原是办教育的,他后来弃教从商,经营过水泵,造过酱醋,但他一直是个"儒商",平日交往的还是以清白方正、有学问的教员居多。他对韦先生很敬佩,这年暑假就请他住到家里,教我的表弟和我。

"绿纱窗外树扶疏"是记实。三姑父在生活上是个革新派。他们家是不供菩萨的,也没有祖宗牌位。堂屋正面的墙上挂着两副对子。一副我还记得:"谈禅不落三乘后,负耒还期十亩前",好像就是韦先生写的。他家的门窗,都钉了绿色的铁纱,这在我们县里当时是少见的。因此各间屋里都没有苍蝇蚊子。而且绿纱沉沉,使人感到一片凉意,窗外是有一些树的。有一棵苹果树,这也是少见的。每年也结几个苹果,很小,而且酸。树上当然是有知了叫的。

　　三姑父家后面有一片很大的空地。有几个山东人看中了这片地，租下开了一个锅厂。锅厂有几个小伙计，除了眼睛、嘴唇，一天脸都是黑的，煤烟薰的。他们老是用大榔头把生铁块砸碎，成天听到㘎嘟㘎嘟的声音。不过并不吵人。

我就在蝉鸣和砸铁声中读书写字。这个暑假我觉得过得特别的安静。

韦先生学问广博，但对桐城派似乎下的功夫尤其深。他教我的都是桐城派的古文，每天教一篇。我印象最深的是姚鼐的《登泰山记》、方苞的《左忠毅公逸事》、戴名世的《画网巾先生传》等等诸篇。《登泰山记》里的名句："苍山负雪，明烛天南。望晚日照城郭，汶水、徂徕如画，而半山居雾若带然"，我一直记得。尤其是"明烛天南"我觉得写得真美，我第一次知道"烛"字可以当动词用。"居雾"的"居"字也下得极好。左光斗在狱中的表现实在感人："国家之事糜烂至此，……不速去，无俟奸人构陷，吾今即扑杀汝！"这真是一条铁汉子。《画网巾先生传》写得浅了一点，但也不失为一篇立场鲜明的文章。刘大櫆、薛福成等人的文章，我也背过几篇。我一直认为"桐城义法"是有道理的，不能一概斥之为"谬种"。

韦先生是写魏碑的。我的祖父六十岁的寿序的字是韦先生写的（文为高北溟先生所撰），写在万年红纸上，字极端整,无一败笔。我后来看到一本影印的韦先生临的魏碑诸体的字帖,才知道韦先生把所有的北碑几乎都临过,难怪有这样深的功力。不过他为什么要我临《多宝塔》呢?最近看到韦先生的诗稿,明白了:韦先生的字的底子是颜字。诗稿是行楷,结体用笔实自《祭侄文》、《争座位》出。写了两个月《多宝塔》,对我以后写字,是大有好处的。

我的小诗附注中说:"我至今作文写字,实得力于先生之指授",是诚实的话,非浮泛语。

暑假结束后,我读了初中,韦先生回家了,以后,我和韦先生再也没有见过面。

听说韦先生一直在三垛,很少进城。抗战时期,他拒绝出任伪职,终于家。

韦先生名子廉,鹤琴是别号。我怀疑"子廉"也是字,非本名。

开卷有益

大概在我十一二岁的时候,一年暑假,我在我们家花厅的尘封的书架上找到一套巾箱本木活字的丛书,抽出一本《岭表录异》看起来,看得津津有味。接着又看了《岭外代答》。从此我就对笔记、游记发生很大的兴趣。一直到现在,还是这样。这一类书的文字简练朴素而有情致,对我的作品的语言风格是有影响的。

我从小学五年级到初中一二年级,教国文的老师都是高北溟先生。高先生教过的课文中给我印象最深的是归有光的《先妣事略》和《项脊轩志》。有一年暑假,高先生教了我郑板桥的家书和道情。我后来从高先生那里借来郑板

---

* 初刊于《中学生阅读》一九九二年第三期,初收于人民文学版《汪曾祺全集》第十卷。

桥的全集，通读了一遍。郑板桥的元白体的诗和接近口语的散文，他的诗文中的蔼然的仁者之心，使我深受感动。全集是板桥手写刻印的，看看他的书法，也是一种享受。

有一年暑假，我从韦子廉先生读了几十篇桐城派的古文。"桐城义法"，未可厚非。桐城派并不全是"谬种"。我以为中学生读几篇桐城派古文是有好处的，比如姚鼐的《游泰山记》、方苞的《左忠毅公逸事》。

我读书的高中江阴南菁中学注重数理化，功课很紧，课外阅读时间不多，但也不是完全没有。我买了一套胡云翼编的《词学小丛书》，在做完习题后或星期天，就一首一首抄写起来。字是寸楷行书。这样就读了词也练了字。抄写，我以为是读诗词的好办法。读词，带有一定的偶然性，因为买了一套《词学小丛书》；同时词里大都有一种感伤情绪，流连光景惜朱颜，和一个中学生的感情易于合拍。

江南失陷，我不能到南菁中学读书，避居乡下，住在我的小说《受戒》所写的一个庵里。随身所带的书，除了数理化教科书外，只有一本屠格涅夫的《猎人日记》，一本上海的"野鸡书店"盗印的《沈从文选集》。我于是反反复复地看这两本书。可以说，这两本书引导我走上了文学道路，并且一直对我的作品从内到外产生极为深远的影响。

我在昆明西南联大读了中文系,选读了沈从文先生的三门课,《各体文习作》、《创作实习》和《中国小说史》,是沈先生的名副其实的入室弟子。沈先生为了教课所需,收罗了很多文学作品,古今中外,各种流派都有。他架上的书,我陆陆续续,几乎全部都借来读过。外国作家里我最喜爱的是:契诃夫和一个西班牙作家阿索林。因为,他们有点像我,在气质上比较接近。

作为一个文学爱好者,或有志成为作家的青年,应该博览群书,但是可以有所侧重,有所偏爱。一个作家,应该认识自己,知道自己的气质。而认识自己的气质之一法,是看你偏爱哪些作家的书。有的作家的书,你一看就看进去了,那么看下去吧;有的作家的书,看不进去,就别看!比如巴尔扎克,我承认他很伟大,但是我就是不喜欢,你其奈我何!

我主张看书看得杂一些,即不只看文学书,文学之外的书也都可以看看。比如我爱看吴其濬的《中国植物名实图考》,法布尔的《昆虫记》。有的书,比如讲古代的仵作(法医)验尸的书《宋提刑洗冤录》,看看,也怪有意思。

古人云:"开卷有益"。有人反对,说看书应有选择。我觉得,只要是书,翻开来读读,都是有好处的,即便是一本老年间的黄历。

一九九一年十月二十一日

写　字

　　写字总得从临帖开始。我比较认真地临过一个时期的帖，是在十多岁的时候，大概是小学五年级、六年级和初中一年级的暑假。我们那里，那样大的孩子"过暑假"的一个主要内容便是读古文和写字。一个暑假，我从祖父读《论语》，每天上午写大、小字各一张，大字写《圭峰碑》，小字写《闲邪公家传》，都是祖父给我选定的。祖父认为我写字用功，奖给了我一块猪肝紫的端砚和十几本旧拓的字帖；我印象最深的是一本褚河南的《圣教序》。这些字帖是一个败落的世家夏家卖出来的。夏家藏帖很多，我的祖父几乎全部买了下来。一个暑假，从一个姓韦的先生学桐城派古文、写字。韦先生是写魏碑的，他让我临的却

＊初刊于《八小时之外》一九九〇年第十期，初收于《塔上随笔》。

是《多宝塔》。一个暑假读《古文观止》、唐诗，写《张猛龙》。这是我父亲的主意。他认为得写写魏碑，才能掌握好字的骨力和间架。我写《张猛龙》，用的是一种稻草做的纸——不是解大便用的草纸，很大，有半张报纸那样大，质地较草纸紧密，但是表面相当粗。这种纸市面上看不到卖，不知道父亲是从什么地方买来的。用这种粗纸写魏碑是很合适的，运笔需格外用力。其实不管写什么体的字，都不宜用过于平滑的纸。古人写字多用麻纸，是不平滑的。像澄心堂纸那样细腻的，是不多见的。这三部帖，给我的字打了底子，尤其是《张猛龙》。到现在，从我的字里还可以看出它的影响，结体和用笔。

　　临帖是很舒服的，可以使人得到平静。初中以后，我就很少有整桩的时间临帖了。读高中时，偶尔临一两张，一曝十寒。二十岁以后，读了大学，极少临帖。曾在昆明一家茶叶店看到一副对联："静对古碑临黑女，闲吟绝句比红儿"。这副对联的作者真是一个会享福的人。《张黑女》的字我很喜欢，但是没有临过，倒是借得过一本，反反复复，"读"了好多遍。《张黑女》北书而有南意，我以为是从魏碑到二王之间的过渡。这种字体很难把握，五十年来，我还没有见过一个书家写《张黑女》而能得其仿佛的。

写字，除了临帖，还需"读帖"。包世臣以为读帖当读真迹，石刻总是形似，失去原书精神，看不出笔意，固也。试读《三希堂法帖·快雪时晴》，再到故宫看看原件，两者比较，相去真不可以道里计。看真迹，可以看出纸、墨、笔之间的关系。尤其是"运墨"；"纸墨相得"，是从拓本上感觉不出来的。但是真迹难得看到，像《快雪时晴》《奉橘帖》那样的稀世国宝，故宫平常也不拿出来展览。隔着一层玻璃，也不便揣摩谛视。求其次，则可看看珂罗版影印的原迹。多细的珂罗版也是有网纹的，印出来的字多浅淡发灰，不如原书的沉着入纸。但是，毕竟慰情聊胜无，比石刻拓本要强得多。读影印的《祭侄文》，才知道颜真卿的字是从二王来的，流畅潇洒，并不都像《麻姑仙坛》那样见棱见角的"方笔"；看《兴福寺碑》，觉赵子昂的用笔也是很硬的，不像坊刻应酬尺牍那样柔媚。再其次，便只好看看石刻拓本了。不过最好要旧拓。从前旧拓字帖并不很贵，逛琉璃厂，挟两本旧帖回来，不是难事。现在可不得了！前十年，我到一家专卖碑帖的铺子里，见有一部《淳化阁帖》，我请售货员拿下来看看，售货员站着不动，只说了个价钱。他的意思我明白：你买得起吗？我只好向他道歉："那就不麻烦你了！"现在比较容易得到的丛帖是北京日报出版社影印的《三希堂法帖》。

乾隆本的《三希堂法帖》是浓墨乌金拓。我是不喜欢乌金拓的，太黑，且发亮。北京日报出版社用重磅铜版纸印，更显得油墨堆浮纸面，很"暴"。而且分装四大厚册，很重，展玩极其不便。不过能有一套《三希堂法帖》已属幸事，还有什么话可说呢？

《三希堂法帖》收宋以后的字很多。对于中国书法的发展，一向有两种对立的意见。一种以为中国的书法，一坏于颜真卿，二坏于宋四家。一种以为宋人书是一个重要的突破。宋人宗法二王，而不为二王所囿，用笔洒脱，显出各自的个性和风格。有人一辈子写晋人书体，及读宋人帖，方悟用笔。我觉两种意见都有道理。但是，二王书如清炖鸡汤，宋人书如棒棒鸡。清炖鸡汤是真味，但是吃惯了麻辣的川味，便觉得什么菜都不过瘾。一个人多"读"宋人字，便会终身摆脱不开，明知趣味不高，也没有办法。话又说回来，现在书家中标榜写二王的，有几个能不越雷池一步的？即便是沈尹默，他的字也明显地看出有米字的影响。

"宋四家"指苏（东坡）、黄（山谷）、米（芾）、蔡。"蔡"本指蔡京，但因蔡京人品不好，遂以蔡襄当之。早就有人提出这个排列次序不公平。就书法成就说，应是蔡、米、苏、黄。我同意。我认为宋人书法，当以蔡京为第一。北京日报出版社《三希堂法帖与书法家小传》(卷二),称蔡京"字势豪健,痛快沉着,严而不拘,逸而不外规矩。比其从兄蔡襄书法,飘逸过之,一时各书家,无出其左右者[1]""……但因人品差,书名不为世人所重。"我以为这评价是公允的。

这里就提出一个多年来缠夹不清的问题:人品和书品的关系。一种很有势力的意见以为,字品即人品,字的风格是人格的体现。为人刚毅正直,其书乃能挺拔有力。典型的代表人物是颜真卿。这不能说是没有道理,但是未免简单化。有些书法家,人品不能算好,但你不能说他的字写得不好,如蔡京,如赵子昂,如董其昌,这该怎么解释?历来就有人贬低他们的书法成就。看来,用道德标准、政治标准代替艺术标准,是古已有之的。看来,中国的书法美学、书法艺术心理学,得用一个新的观点,新的方法来重新开始研究。简单从事,是有害的。

蔡京字的好处是放得开,《与节夫书帖》、《与宫使书帖》可以为证。写字放得开并不容易。书家往往于酒后写字,就是因为酒后精神松弛,没有负担,较易放得开。相传王羲之的《兰亭序》是醉后所写。苏东坡说要"酒气拂拂从指间出",才能写好字,东坡《答钱穆父诗》书后自题

---

[1] "无出其左右者"疑为"无出其右者"。——编者注

是"醉书"。万金跋此帖后云：

"右军兰亭，醉时书也。东坡答钱穆父诗，其后亦题曰醉书。较之常所见帖大相远矣。岂醉者神全，故挥洒纵横，不用意于布置，而得天成之妙欤？不然则兰亭之传何其独盛也如此。"

说得是有道理的。接连写几张字，第一张大都不好，矜持拘谨。大概第三四张较好，因为笔放开了。写得太多了，也不好，容易"野"。写一上午字，有一张满意的，就很不错了。有时一张都不好，也很别扭。那就收起笔砚，出去遛个弯儿去。写字本是遣兴，何必自寻烦恼。

一九九〇年七月十二日

看 画

上初中的时候,每天放学回家,一路上只要有可以看看的画,我都要走过去看看。

中市口街东有一个画画的,叫张长之,年纪不大,才二十多岁,是个小胖子。小胖子很聪明。他没有学过画,他画画是看会的。画册、画报、裱画店里挂着的画,他看了一会就能默记在心。背临出来,大致不差。他的画不中不西,用色很鲜明,所以有人愿意买。他什么都画。人物、花卉、翎毛、草虫都画。只是不画山水。他不只是临摹,有时也"创作"。有一次他画了一个斗方,画一棵芭蕉,一只五彩大公鸡,挂在他的画室里(他的画室是敞开的)。这张画只能自己画着玩玩,买是不会有人买的,谁

---

*初刊时间、初刊处未详,初收于《草花集》。

家会在家里挂一张"鸡巴图"?

他擅长的画体叫做"断简残篇"。一条旧碑帖的拓片(多半是汉隶或魏碑)、半张烧糊一角的宋版书的残页、一个裂了缝的扇面、一方端匋斋的印谱……七拼八凑,构成一个画面。画法近似"颖拓",但是颖拓一般不画这种破破烂烂的东西。他画得很逼真,乍看像是剪贴在纸上的。这种画好像很"雅",而且这种画只有他画,所以有人买。

这个家伙写信不贴邮票,信封上的邮票是他自己画的。

有一阵子,他每天骑了一匹大马在城里兜一圈,郭答郭答,神气得很。这马是一个营长的。城里只要驻兵,他很快就和军官混得很熟。办法很简单,每人送一套春宫。

一九四七年,我在上海先施公司二楼卖字画的陈列室看到四条"断简残篇",一看署名,正是"张长之"!这家伙混得能到上海来卖画,真不简单。

北门里街东有一个专门画像的画工,此人名叫管又萍。走进他的画室,左边墙上挂着一幅非常醒目的朱元璋八分脸的半身画,高四尺,装在镜框里。朱洪武紫棠色脸,额头、颧骨、下巴,都很突出。这种面相,叫做"五岳朝天"。双眼奕奕,威风内敛,很像一个开国之君。朱皇帝头戴纱帽,著圆领团花织金大红龙袍。这张画不但皮肤、皱纹、眼神画得很"真",纱帽、织金团龙,都画得极其工致。这张画大概是画工平生得意之作,他在画的一角用掺揉篆隶笔意的草书写了自己的名字:管又萍。若干年后,我才体会到管又萍的署名后面所挹注[1]的画工的辛酸。画像的画工是从来不署名的。

若干年后,我才认识到管又萍是一个优秀的肖像画家,并认识到中国的肖像画有一套自成体系的肖像画理论和技法。

我的二伯父和我的生母的像都是管又萍画的。二伯父端坐在椅子上,穿著却是明朝的服装,头戴方巾,身著湖蓝色的斜领道袍。这可能是尊重二伯父的遗志,他是反满的。我没有见过二伯父,但是据说是画得很像的。我母亲去世时我才三岁,记不得她的样子,但我相信也是画得很像的,因为画得像我的姐姐,家里人说我姐姐长得很像我母亲。画工画像并不参照照片,是死人断气后,在床前直接勾描的。

然后还得起一个初稿。初稿只画出颜面,画在熟宣纸上,上面蒙了一张单宣,剪出一个椭圆形的洞,像主的面形从椭圆形的洞里露出。要请亲人家属来审查,提意见,胖了,瘦了,颧骨太高,眉毛离得远了……管又萍按照这

---

[1] "挹注"疑为"浥注"。——编者注

些意见，修改之后，再请亲属看过，如无意见，即可完稿。然后再画衣服。

画像是要讲价的，讲的不是工钱，而是用多少硃砂，多少石绿，贴多少金箔。

为了给我的二伯母画像，管又萍到我家里和我的父亲谈了几次，所以我知道这些手续。

管又萍的"生意"是很好的，因为他画人很像，全县第一。

这是一个谦恭谨慎的人，说话小声，走路低头。

出北门，有一家卖画的。因为要下一个坡，而且这家的门总是关着，我没有进去看过。这家的特点是每年端午节前在门前柳树上拉两根绳子，挂出几十张钟馗。饮酒、醉眠、簪花、骑驴、仗剑叱鬼、从鸡笼里掏鸡、往胆瓶里插菖蒲、嫁妹、坐着山轿出巡……大概这家藏有不少钟馗的画稿，每年只要照描一遍。钟馗在中国人物画里是个很有人性，很有幽默感的可爱的形象。我觉得美术出版社可以把历代画家画的钟馗收集起来出一本《钟馗画谱》，这将是一本非常有趣的画册。这不仅有美术意义，对了解中国文化也是很有意义的。

新巷口有一家"画匠店"，这是画画的作坊。所生产的主要是"家神菩萨"。家神菩萨是几个本不相干的家族的混合集体。最上一层是南海观音和善财龙女。当中是关云长和关平、周仓。下面是财神。他们画画是流水作业,"开脸"的是一个人,画衣纹的是另一个人,最后加彩贴金的又是一个人。开脸的是老画匠,做下手活的是小徒弟。画匠店七八个人同时做活,却听不到声音,原来学画匠的大都是哑巴。这不是什么艺术作品,但是也还值得看看。他们画得很熟练,不会有败笔。有些画法也使我得到启发。比如他们画衣纹是先用淡墨勾线,然后在必要的地方用较深的墨加几道,这样就有立体感,不是平面的,我在画匠店里常常能站着看一个小时。

这家画匠店还画"玻璃油画"。在玻璃的反面用油漆画福禄寿或老寿星。这种画是反过来画的,作画程序和正面画完全不同。比如画脸,是先画眉眼五官,后涂肉色;衣服先画图案,后涂底子。这种玻璃油画是作插屏用的。

我们县里有几家裱画店,我每一家都要走进去看看。但所裱的画很少好的。人家有古一点的好画都送到苏州去裱。本地裱工不行,只有一次在北市口的裱画店里看到一幅王匋民写的八尺长的对子,给我留下深刻的印象。我认为王匋民是我们县的第一画家。他的字也很有特点。我到现在还说不准他的字的来源,有章草,又有王铎、倪瓒。他用侧锋写那样大的草书对联,这种风格我还没有见过。

　　　　　　　　一九九三年六月一日

悔不当初

我一生最大的遗憾是没有把英文学好。

小学六年级就有英文课，但是我除了 book、pen 之类少数的单词外什么也没有记住。初中原来教英文的是我的一个远房舅舅，行六，是个近视眼，人称"杨六瞎子"，据说他的英文是很好的。但是我进初中时他已经在家享福，不教书了。后来的英文教员都不怎么样。初中三年级教英文的是校长耿同霖，用的课本却是《英文三民主义》——他是国民党党部的什么委员，教学的效果可想而知。因此全校学生的英文被白白地耽误了三年。我读的高中是江阴的南菁中学。南菁中学的数、理、化和英文的程度在江苏省是很有名的。教我们英文的是吴锦棠先

---

* 初刊于《时代青年》一九九三年第四期，初收于《草花集》。

生。他是圣约翰大学毕业的，英文很好，能够把《英汉四用辞典》背下来。吴先生原来是西装笔挺很洋气，很英俊的，他的夫人是个美人。夫人死后，吴先生的神经受了刺激，变得很邋遢，脑子也有点糊涂了。他上课是很有趣的。讲《李白大梦》，模仿李白的老婆在李白失踪后到处寻找李白，尖声呼叫；讲《澳洲人打袋鼠》，他会模仿袋鼠的样子，四脚朝天躺在讲桌上。高中一、二年级的英文课本是相当深的，除了兰姆的散文，还有《为什么经典是经典》这样的难懂的论文，有一课是《凯撒大帝》剧本中凯撒遇刺后安东尼在他的尸体前的演讲！除了课本以外，还要背扬州中学编的单页的《英文背诵五百篇》。如果我能把这两册课本学好，把《五百篇》背熟，我的英文会是很不错的。但是我没有做到。原因是：一、我的初中英文基础太差；二、我不用功；三、吴先生糊涂。考试时，他给上一班出的题目都忘了，给下一班出的还是那几道题。月考、大考（学期考试）都是这样。学生知道了，就把上一班的试题留下来，到时候总可以应付。而且吴先生心肠特好，学生的答卷即便文不对题，只要能背下一段来，他也给分。主要还是要怪我自己，不能怪吴先生。这样好的老师，教出了我这么个学生！——我的同班同学有不少是英文很好的。我到现在还常怀念吴先生，并且觉得有点对不起他。

一九三七年暑假后，江阴失陷，我在淮安中学、私立扬州中学、盐城临时中学辗转"借读"，简直没有读什么书。淮安中学教英文的姓过，无锡人，他教的英文实在太浅了，还不到初中一年级程度。我们已经高三了，他却从最起码的拼音教起：d-a, da；d-o, do；d-u, du！

参加大学入学考试时我的英文不知道得了几分，反正够呛。我记得很清楚，有一道题是中翻英，是一段日记："我刷了牙，刮了脸……"我不知"刮脸"怎么翻，就翻成"把胡子弄掉"！

大一英文是连滚带爬，凑合着及格的。

大二英文，教我们那个班的是一个俄国老太太，她一句中文也不会说，我对她的英文也莫名其妙。期终考试那天，我睡过了头（我任何课上课都不记笔记，到期终借了别的同学的笔记本看，接连开了几个夜车，实在太困了），没有参加考试。因此我的大二英文是零分。

不会英文，非常吃亏。

作为一个作家，有时难免和外国人见面座谈，宴会，见面握手寒暄，说不了一句整话，只好傻坐着，显得非常愚蠢。

偶尔出国，尤其不便。我曾到美国爱荷华参加国际写作计划。几乎所有的外国作家都能说英语,我不会,离不开翻译一步。或作演讲,翻译得不大准确,也没有办法。我曾作过一个关于中国艺术的"留白"特点的演讲,提到中国画的构图常不很满,比如马远,有些画只占一个角,被称为"马一角",翻译的女士翻成了"一只角的马"(美国有一种神话传说中的马,额头有一只角),我知道她翻得不对,但也没有纠正,因为我也不知道"马一角"在英语中该怎么说。有些外国作家,尤其是拉丁美洲的作家,不知道为什么对我很感兴趣,但只通过翻译,总不能直接交流感情。有一位女士眼睛很好看,我说她的眼睛像两颗黑李子,大陆去的翻译也没有办法,他不知道英语的黑李子该怎么说。后来是一位台湾诗人替我翻译了告诉她,她才非常高兴地说:"喔!谢谢你!"台湾的作家英文都不错,这一点,优于大陆作家。

最别扭的是:不能读作品的原著。外国作品,我都是通过译文看的。我所接受的西方文学的影响,其实是译文的影响。六朝高僧译经,认为翻译是"嚼饭哺人",我吃的其实是别人嚼过的饭。我很喜欢海明威的风格,但是海明威的风格究竟是怎么回事,我真说不上来,我没有读过他的一本原著。我有时到鲁迅文学院等处讲课,也讲到海明威,但总是隔靴搔痒,说不到点子上。

再有就是对用英文翻译的自己的作品看不懂,更不用说是提意见。我有一篇小说《受戒》译成英文。这篇小说里有四副对联[1],我想:这怎么翻呢?后来看看译文,译者用了一个干净绝妙的主意:把对联全部删去了。我有个英文很棒的朋友,说是他是能翻的。我如果自己英文也很棒,我也可以自己翻!

我觉得不会外文(主要是英)的作家最多只能算是半个作家。这对我说起来,是一个惨痛的、无可挽回的教训。我已经七十二岁,再从头学英文,来不及了。

我诚恳地奉劝中青年作家,学好英文。

学英文,得从中学抓起。一定要选择好的英文教员。如果英文教员不好,将贻误学生一辈子。

希望教育部门一定要重视这个问题。

---

[1] 《受戒》里实有三副对联。——编者注

"草木闲篇"小启

人非草木，树犹如此。一事不知，儒者所耻。半日清闲，浮生难得。愿借寸楮，聊代联床。亦宝尺璧，贤于博弈。内容不受限制，篇幅千字左右。文尚雅洁，自宜心平气静。情贵真诚，不妨剑拔弩张。有同好者，盍兴乎来。谨启。

---

* 初刊于《北京文学》一九八七年第一期，初收于人民文学版《汪曾祺全集》第九卷。

云南茶花

很多地方在选市花,这是好事。想一想十年大乱时期,公园都成了菜园,现在真是大不相同了。选市花,说明人们有了闲情逸致。人有闲情逸致,说明国运昌隆。

有些市的市民对市花有不同意见,一时定不下来。昆明的市花是不会有争议的。如果市民投票,一定会一致通过:茶花。几十年前昆明就选过一次(那时别的市还没有选举市花之风)。现在再选,还会维持原议。

云南茶花,——滇茶,久负盛名。

张岱《陶庵梦忆·逍遥楼》云:"滇茶故不易得,亦未有老其材八十余年者。朱文懿公逍遥楼滇茶,为陈海樵先生手植,扶疏蓊翳,老而愈茂。诸文孙恐其力不胜葩,岁

---

* 初刊于《北京文学》一九八七年第一期,初收于《蒲桥集》。

删其萼盈斛，然所遗落枝头，犹自燔山熠谷焉。"

鲁迅说张岱的文章每多夸张。这一篇看起来也像有些夸张，但并不，而且写得极好，得滇茶之神理。

昆明西山某寺有一棵大茶花。走进山门，越过站着四大金刚的门道，一抬头便看见通红的一大片。是得抬头的，因为茶花非常高大。大雄宝殿前的石坪是很大的，这棵茶花几乎占了石坪的一小半。花皆如汤碗大，一朵一朵，像烧得炽旺的火球。张岱说滇茶"燔山熠谷"，是一点不错的。据说这棵茶花每年能开三百来朵。满树黑绿肥厚的大叶子衬托着，更显得热闹非常。这才真叫做大红大绿。这样的大红大绿显出一种强壮的生命力。华贵之极，却毫不俗气。这是一个夺人眼目的大景致。如果我的同乡人来看了，一定会大叫一声"乖乖哝的咚！"我不知道寺里的和尚是不是也"岁删其萼盈斛"，但是他们是怕这棵茶花负担不起这样多的大花的，便搭了一个杉木的架子，撑着四围的枝条。昆明茶花到处都有，而该寺的这一棵，大概要算最大的。

茶花的好处是花大，色浓，花期长，而树本极能耐久。西山某寺的茶花大概已经不止八十年了。

江西井冈山一带有一个风俗。人家生了孩子，孩子过周岁时，亲戚朋友送礼，礼物上都要放一枝带叶子的油茶。油茶常绿，越冬不凋，而且开了花就结果；茶果未摘，接着就开花。这是取一个吉兆，祝福这孩子活得像油茶一样强健。一个很美的风俗。我不知道油茶和山茶有没有亲属关系，我在思想上是把它们归为一类的。凡茶之类，都很能活。

中国是茶花的故乡。茶花分滇茶、浙茶。浙茶传到日本，又由日本传到美国。现在日本的浙茶比中国的好，美国的比日本的好。只有云南滇茶现在还是世界第一。

前几年，江西山里发现黄茶花，这是国宝。如果栽培成功，是可以换外汇的。

茶花女喜欢戴的是什么茶花？大概不是滇茶，滇茶太大。我想是浙茶。而且无端地觉得，是白的。

一九八六年十月二十日

张大千和毕加索

杨继仁同志写的《张大千传》是一本有意思的书。如果能挤去一点水分,控制笔下的感情,使人相信所写的多是真实的,那就更好了。书分上下册。下册更能吸引人,因为写得更平实而紧凑。记张大千与毕加索见面的一章(《高峰会晤》)写得颇精彩,使人激动。

……毕加索抱出五册画来,每册有三四十幅。张大千打开画册,全是毕加索用毛笔水墨画的中国画,花鸟鱼虫,仿齐白石。张大千有点纳闷。毕加索笑了:"这是我仿贵国齐白石先生的作品,请张先生指正。"

张大千恭维了一番,后来就有点不客气了,侃侃而谈起来:"毕加索先生所习的中国画,笔力沉劲而有拙趣,

---

*初刊于《北京文学》一九八七年第二期,初收于《蒲桥集》。

构图新颖，但是有一个很大的问题，就是不会使用中国的毛笔，墨色浓淡难分。"

毕加索用脚将椅子一勾，搬到张大千对面，坐下来专注地听。

"中国毛笔与西方画笔完全不同。它刚柔互济，含水量丰，曲折如意。善使用者'运墨而五色具'。墨之五色，乃焦、浓、重、淡、清。中国画，黑白一分，自现阴阳明暗；干湿皆备，就显苍翠秀润；浓淡明辨，凹凸远近，高低上下，历历皆入人眼。可见要画好中国画，首要者要运好笔，以笔为主导，发挥墨法的作用，才能如兼五彩。"

这一番运笔用墨的道理，对略懂一点国画的人，并没有什么新奇。然在毕加索，却是闻所未闻。沉默了一会，毕加索提出：

"张先生，请你写几个中国字看看，好吗？"

张大千提起桌上一支日本制的毛笔，蘸了碳素墨水，写了三个字："张大千"。

（张大千发现毕加索用的是劣质毛笔，后来他在巴西牧场从五千只牛耳朵里取了一公斤牛耳毛，送到日本，做成八枝笔，送了毕加索两枝。他回赠毕加索的画画的是两株墨竹，——毕加索送张大千的是一张西班牙牧神，两株墨竹一浓一淡，一远一近，目的就是在告诉毕加索中国画阴阳向背的道理。)

毕加索见了张大千的字，忽然激动起来：

"我最不懂的，你们中国人为什么跑到巴黎来学艺术！"

"……在这个世界谈艺术，第一是你们中国人有艺术；其次为日本，日本的艺术又源自你们中国；第三是非洲人有艺术。除此之外，白种人根本无艺术，不懂艺术！"

毕加索用手指指张大千写的字和那五本画册，说："中国画真神奇。齐先生画水中的鱼，没一点色，一根线画水，却使人看到了江河，嗅到水的清香。真是了不起的奇迹。……有些画看上去一无所有，却包含着一切。连中国的字，都是艺术。"这话说得很一般化，但这是毕加索说的，故值得注意。毕加索感伤地说："中国的兰花墨竹，是我永远不能画的。"这话说得很有自知之明。

"张先生，我感到，你是一个真正的艺术家。"

毕加索的话也许有点偏激，但不能说是毫无道理。

毕加索说的是艺术，但是搞文学的人是不是也可以想想他的话？

有些外国人说中国没有文学，只能说他无知。有些中国人也跟着说，叫人该说他什么好呢？

一九八六年十二月三日

八　仙

八仙是反映中国市民的俗世思想的一组很没有道理的仙家。

这八位是一个杂凑起来的班子。他们不是一个时代的人。张果老是唐玄宗时的，吕洞宾据说是残唐五代时人，曹国舅只能算是宋朝人。他们也不是一个地方的。张果老隐于中条山，吕洞宾好像是山西人，何仙姑则是出荔枝的广东增城人。他们之中有几位有师承关系，但也很乱。到底是汉钟离度了吕洞宾呢，还是吕洞宾度了汉钟离？是李铁拐度了别人，还是别人度了李铁拐？搞不清楚。他们的

＊初刊于《北京文学》一九八七年第三期，文后注有"本文引用的材料都出自浦江清师的《八仙考》，《清华学报》，民国二十五年一月"，初版时此注删去；初收于《蒲桥集》。

事迹也没有多少关联。他们大都是单独行动,组织纪律性是很差的。这八位是怎么弄到一起去的呢?最初可能是出于俗工的图画。王世贞《题八仙像后》云:

"八仙者,钟离、李、吕、张、蓝、韩、曹、何也。不知其会所由始,亦不知其画所由始,余所睹仙迹及图史亦详矣,凡元以前无一笔,而我明如冷起敬、吴伟、杜堇稍有名者亦未尝及之。意或庸妄画工合委巷丛俚之谈,以是八公者,老则张,少则蓝、韩,将则钟离,书生则吕,贵则曹,病则李,妇女则何,为各据一端作滑稽观耶!"

这猜想是有道理的。把他们画在一起,只是为了互相搭配,好玩。

中国人为什么对八仙有那样大的兴趣呢?无非是羡慕他们的生活。

八仙后来被全真教和王重阳教拉进教里成了祖师爷,但他们的言行与道教的教义其实没有多大关系。他们突出的事迹是"度人"。他们度人并无深文大义,不像佛教讲精修,更没有禅宗的顿悟,只是说了些俗得不能再俗的话:看破富贵荣华,不争酒色财气……。简单说来,就是抛弃一些难于满足的欲望。另外一方面,他们又都放诞不羁,随随便便。他们不像早先的道家吸什么赤黄气,饵丹砂。他们多数并非不食人间烟火,有什么吃什么。有一位叫陈莹中的作过一首长短句赠刘跛子（即李铁拐），有句云："年华，留不住，触处为家。这一轮明月，本自无瑕。随分冬裘夏葛，都不会赤火黄芽。谁知我，春风一拐，谈笑有丹砂。"总之是在克制欲望与满足可能的欲望之间，保持平衡，求得一点心理的稳定。达到这种稳定，就是所谓"自在"。"自在神仙"，此之谓也。这是一种很便宜的，不费劲的庸俗的生活理想。

八仙又和庆寿有关。周宪王《瑶池会八仙庆寿》吕洞宾唱：

"汉钟离遥献紫琼钩，张果老高擎千岁韭，蓝采和漫舞长衫袖，捧寿面是曹国舅。岳孔目这铁拐护得千秋，献牡丹是韩湘子，进灵丹的是徐信守，贫道啊，满捧着玉液金瓯。"

八仙都来向老太爷或老太太庆寿，岂不美哉。既能自在逍遥，又且长寿不死，中国的市民要求的还有什么呢？

很多中国人家的正堂屋的香案上，常常在当中供着福禄寿三星瓷像，两旁是八仙。你是不是觉得很俗气？

八仙在中国的民族心理上，是一个消极的因素。

一九八六年十二月四日

栈

昔在张家口坝上,听人说北京东来顺涮羊肉用的羊都是从坝上赶下去的(不是用车运去的),赶到了,还要zhan几天,才杀,所以特别好。我不知这zhan字怎么写,以为是"站",而且望文生义,以为是让羊站着不动,喂几天。可笑也。后读《清异录》"玉尖面"条:

"赵宗儒在翰林时,闻中使言:'今日早馔玉尖面,用消熊、栈鹿为内馅,上甚嗜之。'问其形制,盖人间出尖馒头也。又问消熊之说,曰:'熊之极肥者曰消,鹿以倍料精养者曰栈。'"

这才恍然大悟:此字当写作"栈",是精饲料喂养的意思。

---

* 初刊于《北京文学》一九八七年第四期,初收于《蒲桥集》。

《清异录》"丑未觞"条云：

"余开运中赐丑未觞，法用雍酥、栈羊筒子髓置醇酒中，暖消而后饮。"注云："栈羊，圈内饲养的肥羊。"

这也有道理。"栈"本是养牲口的木棚或栅栏。《庄子·马蹄》："编之以皂栈"，陆德明释文引崔撰云："皂，马闲也；栈，木棚也。"这个字更全面的解释应是：用精饲料圈养（即不是牧养）。《水浒传》里有这个字。明容与堂刻本《水浒传》第二十五回：

"……郓哥见了，立住了脚，看着武大道：'这几时不见你，怎么吃得肥了？'武大歇下担儿道：'我只是这般模样，有什么吃得肥处！'郓哥道：'我前日要籴些麦稃，一地里没籴处，人都道你屋里有。'武大道：'我屋里又不养鹅鸭，哪里有这麦稃！'郓哥道：'你没麦稃，你怎地栈得肥胖胖地，便颠倒提起你来也不妨，煮你在锅里也没气！'武大道：'含鸟猢狲，倒骂得我好！我的老婆又不偷汉子，我如何是鸭？……'"

这个字先秦时就用，元明小说中还有，现代口语中也还活着，其生命可谓长矣。年轻人大概不知道了。即是东来顺的中年以下的师傅也未必知其所以然，但老师傅或者还有晓得的。听说有人要写关于东来顺的小说，那么我向您提供这个字，您也许用得着。——您的小说写成了，哪

栈

天在东来顺三楼请客的时候，可别忘了我！

有些字，要用，不知道怎么写，最好查一查，不要以为这个字大概是"有音无字"，随便用一个字代替。其实这是有本字的。我写小说《王全》，有一小段：

"这地方管缺个心眼叫'偢'，读作'俏'。王全行六，据说有点缺个心眼，故名'偢六'。

这个"偢"字我不知怎么写，写信问了语言学家李荣，李荣告诉了我，并告诉我字的出处，有一本书里有"傻偢不仁"的句子（李荣的复信已失去，出处我忘了）。不错！京剧《李逵负荆》里有一句念白："众家哥弟一个个佯偢而不睬"。"佯偢"是装傻的意思。不过我听几个演员和票友都念成了"佯秋"！

作家和演员都要识字。

一九八六年十二月五日

杜甫草堂·三苏祠·升庵祠

几次到成都,总不免要去杜甫草堂。第一次是自己想去,以后都是陪别人。我对杜甫草堂有些失望。我希望能看到一点遗迹。既名草堂,总得有一个草堂。我知道唐代的草堂是不可能保存到今天的,但是以意为之,得其仿佛,重盖几间,总还是可以的。《茅屋为秋风所破歌》的茅屋在哪里呢?没有。"老妻画纸为棋局,稚子敲针作钓钩"大概在一个什么环境里?杜甫是在什么地方观察到"细雨鱼儿出,微风燕子斜"的?都无从想象。现在是一群相当高大轩敞,颇为阔气的建筑。我觉得草堂最好按照杜诗所描绘的样子改建。可以补种杜诗屡次提到的四松,桤木。待客的器皿也可用大邑青瓷,——我想现在都还能

* 初刊于《北京文学》一九八七年第五期,初收于《蒲桥集》。

买到吧。纪念馆里有不少时贤字画。我想陈列的字画最好有点唐朝风格。字宜选用唐人写经、褚遂良、薛稷、欧阳询、怀素诸人体。现在挂的,画多是大红大绿的大写意,字多剑拔弩张的将军体,与杜甫、与草堂都不谐调。现在那里实际上是一个供人游览的公园。有人一边走,一边提了一架录音机,放邓丽君的流行歌曲。我仿佛看见杜甫躲在竹丛里苦笑。

三苏祠在眉山,情况比杜甫草堂要好得多。祠是苏氏故宅,以宅为祠。东坡文云:"家有五亩之宅",现在扩大了一些。当日房屋,不复存在。现有的都是重建的,但不甚华焕。有一口井,用当地所产红砂岩为井栏。据说这是当年的旧井,现在还能从井里打上水来。正屋西边有一株荔枝树。据说是苏东坡离家时家人所植,想等东坡回来时吃荔枝。东坡四方流寓,没有能吃上家园的荔枝。这株荔枝早已枯死,现在看到的是后来补栽的,现地方还是原来的地方。"祠"的负责人要求写几个字,写了四句诗:

当日家园有五亩,

至今文字重三苏。

红栏旧井犹堪汲,

丹荔重栽第几株?

据后来到三苏祠的人说:眉山招待所的东坡肘子极

好。我们那次因为要赶路，未能一尝。

杨升庵是新都人，正德间试进士第一，后获罪谪戍云南永昌。他曾在新都的桂湖住过，死后，乡人在湖上建了升庵祠。他能诗能文，写词曲，还注意搜集古今谣谚，这和我好像有一点关系，我曾经编过《民间文学》，现在在搞戏，于是想去看看。桂湖不甚大，弯曲而长，南岸是一带高岗，三面是平陆。岸上都种了桂花，所以叫做桂湖。升庵祠在北面，不大，三开的大厅。祠内陈设颇朴素。有一些字画碑刻，皆不俗。祠内正准备为升庵立像，让我们参观了许多设计的小样，未能赞一词。在这些泥塑小样前想了四句诗：

桂湖老桂弄新姿，

湖上升庵旧有祠。

一种风流谁得似？

状元词曲罪臣诗。

三月二十一日

苏三、宋士杰和穆桂英

洪洞县的出名,是因为有了京剧《玉堂春》。"苏三离了洪洞县",凡有井水处都有人会唱,至少听过。我到山西,曾特为到洪洞县去弯了一趟,去看苏三遗迹。

一位本地研究苏三传说的专家陪着我们参观。进了县政府的大堂,这位专家告诉我们:苏三就是在这里受审的。他还指了一块方砖,说:她就跪在这块砖上回话的。他说苏三的案卷原来还保存在县里,后来叫一个国民党军官拿走了。

我们参观了苏三监狱。这是一座很小的监狱。监门只有普通人家的独扇门那样大。门头上画着一个老虎脑袋,这就是所谓"狴犴"了。进门,外边是男监。往里走,过

---

* 初刊于《北京文学》一九八七年第六期,初收于《蒲桥集》。

一个窄胡同,是女监。女监是一个小院子,除了开门的一边,三间都有监号。专家指指靠北朝南的一个号子,说苏三就是关在这里的。院子当中有一口井,不大,青石井栏。据说苏三就是从这口井里汲水洗头洗脸洗衣裳的。井栏的内圈已经叫井绳磨出一道一道很深的沟槽。没有几百年的功夫,是磨不出这样的沟的。这座监狱据说明朝就有,这是全国保存下来少数明代监狱里的一个,这是有记载可查的。如果有一个苏三,苏三曾蹲过洪洞县的监狱,那么便只能是在这里。苏三从这口井里汲水,这想象很美,同时不能不引起人的同情。

我们还去参观赵监生买砒霜的药铺。当年盛砒霜的药罐还在,白地青花,陈放在柜台的一头,下面垫了一块红布,——那当然是为了引人注目。这家药铺是明代就有的。砒霜是剧毒,盛砒霜的罐子是不能随便倒换的。如果有一个赵监生,他来买过砒霜,那么便只有取之于这个药罐。据我的一点关于瓷器的知识,这倒真是明青花。

据说洪洞县过去是禁演《玉堂春》的,因为戏里有一句"洪洞县内无好人"。洪洞县的人真可爱,何必那样认真呢?有人曾著文考证,力辟苏三监狱之无稽,苏三根本不是历史人物,《玉堂春落难逢夫》纯属小说家言,关于苏三的遗迹都是附会。这些有考据癖的先生也很可爱,何必那样认真呢?洪洞县的人愿意那样相信,你就让他相信去得了嘛!

河南信阳州宋士杰开的店原来还在,店门的门槛是铁的。铁门槛,这很有意思!这当然也是附会。

如果都认真考据,那就没完了。山海关外有多少穆桂英的点将台?几乎凡有一块比较平整的大石头,都是穆桂英的点将台!

老百姓相信许多虚构的戏曲人物是真有的,他们附会出许多戏曲人物的古迹,并且相信,这反映了市民和农民的爱憎。这是民族心理结构的一个层次,我们应该重视、研究,不只是"姑妄听之"而已。这一点,倒是可以认一点真。

三月九日

吴 三 桂

高邮县志办公室把新修的县志初稿寄来给我,我翻看了一遍,提了几点不成熟的意见。有一条记不得是否提过:应该给吴三桂立一个传。

我的家乡出过两个大人物,一个是张士诚,一个是吴三桂。张士诚不是高邮人,是泰州的白驹场人,但是他于元至正十三年(一三五三[1])攻下了高邮,并于次年在承天寺自称诚王。吴三桂的家不知什么时候迁到了辽东,但祖籍是高邮。他生于一六一二年。"五百年必有王者兴",敝

---

* 初刊于《北京文学》一九八七年第七期,初收于《蒲桥集》。
1 初刊本、初版本均为"一五五三",应为"一三五三"。——编者注

乡于二百六十年[1]之间出过两位皇上,——吴三桂后来是称了帝的,大概曾经是有过一点"王气"的。

我知道吴三桂很早了。小时候读《正续三字经》,里面就有"吴三桂,请清兵"。长大后到昆明住了七年,听到一些关于吴三桂的传闻。昆明五华山下有一斜坡,叫做"逼死坡",据说是吴三桂逼死明朝最后一个皇帝永历帝的地方。永历帝兵败至云南,由腾冲逃到缅甸,吴三桂从缅甸把他弄回来杀了。云南人说是吴三桂逼得他上吊死的。这大概是可靠的。另外的传说则大概是附会的了。昆明市东凤鸣山顶有一座金殿,梁柱门窗,都是铜铸的,顶瓦也是铜的。说是吴三桂冬天住在这里,殿外烧了火,殿里暖和而无烟气,他在里面饮酒作乐。这大概是不可能的。昆明冬天并不冷,无须这样烤火。而且住在一间不大的铜房子里,又有多大趣味呢?此外,昆明大西门外莲花池畔有一座陈圆圆石像。石像是用单线刻在石碑上的,外面有一石龛,高约四尺,额上题:"比丘尼陈圆圆像",是一个中年的尼姑的样子。据说陈圆圆是投莲花池死的。吴三桂镇云南,握重兵,形成割据势力,清圣祖为了加强统一,实行撤藩。康熙十二年(一六七三),吴三桂叛,自称周王。

---

[1] 初刊本、初版本均为"六十年",据上文年份推断应为"二百六十年"。——编者注

十七年在衡州称帝。吴三桂举兵叛乱时,已经六十一岁,这时陈圆圆也相当老了,她大概是没有跟着。死于昆明,是可能的。是不是投了莲花池,就难说了。陈圆圆晚年为女道士,改名寂静,字玉庵。莲花池畔的石像却说她是比丘尼,不知是什么缘故。

逼死坡今犹在,金殿也还好好的。莲花池畔的陈圆圆像则已于"文化大革命"中被毁掉了。干嘛要毁陈圆圆的像呢?毁像的"红卫兵"大概是受了吴梅村的影响,相信"痛哭六军齐缟素[1],冲冠一怒为红颜",认为吴三桂的当汉奸,陈圆圆是罪魁祸首。冤哉!

"冲冠一怒为红颜",早就有人说没有这回事,一宗巨大的历史变故,原因岂能如此简单!如果说吴三桂引清兵入关,与陈圆圆有一定关系,那么他后来穷追永历帝以至将其逼死,再后来又从拥兵自重到叛乱称王,又将怎样解释呢?这和陈圆圆又有什么关系?吴三桂自是吴三桂,陈圆圆对他的一生负不了责。

我希望有人能认真研究一下吴三桂其人,给他写一个传。写成历史小说也可以,但希望忠实一些,不要有太多的演义。

一九八七年五月二十四日

---

[1] 据《吴梅村全集》(上海古籍出版社一九九〇年版)为"恸哭六军俱缟素"。——编者注

夏天的昆虫

蝈 蝈

蝈蝈我们那里叫做"叫蛐子[1]"。因为它长得粗壮结实，样子也不大好看，还特别在前面加一个"侉"字，叫做"侉叫蛐子"。这东西就是会呱呱的叫。有时嫌它叫得太吵人了，在它的笼子上拍一下，它就大叫一声："呱！——"停止了。它什么都吃。据说吃了辣椒更爱叫，我就挑顶辣的辣椒喂它。早晨，掐了南瓜花（谎花）喂它，只是取其好看而已。这东西是咬人的。有时捏住笼子，它会从竹篾的

---

* 初刊于《北京文学》一九八七年第九期，初收于《蒲桥集》。
1 初刊本为"叫蛐子"，初版本改为"叫蝈子"。从初刊本。——编者注

洞里咬你的指头肚子一口!

别有一种秋叫蛐子,较晚出,体小,通身碧绿如玻璃料,叫声轻脆。秋叫蛐子养在牛角做的圆盒中,顶面有一块玻璃。我能自己做这种牛角盒子,要紧的是弄出一块大小合适的圆玻璃。把玻璃放在水盒[1]里,用剪子剪,则不碎裂。秋叫蛐子价钱比佤叫蛐子贵得多。养好了,可以越冬。

叫蛐子是可以吃的。得是三尾的,腹大多子。扔在枯树枝火中,一会就熟了。味极似虾。

蝉

蝉大别有三类。一种是"海溜",最大,色黑,叫声宏亮。这是蝉里的楚霸王,生命力很强。我曾捉了一只,养在一个断了发条的旧座钟里,活了好多天。一种是"嘟溜",体较小,绿色而有点银光,样子最好看,叫声也好听:"嘟溜——嘟溜——嘟溜"。一种叫"叽溜",最小,暗赭色,也是因其叫声而得名。

蝉喜欢栖息在柳树上。古人常画"高柳鸣蝉",是有

---

[1] "水盒"疑为"水盆"。——编者注

道理的。

北京的孩子捉蝉用粘竿，——竹竿头上涂了粘胶。我们小时候则用蜘蛛网。选一根结实的长芦苇，一头撅成三角形，用线缚住，看见有大蜘蛛网就一绞，三角里络满了蜘蛛网，很粘。瞅准了一只蝉，轻轻一捂，蝉的翅膀就被粘住了。

佝偻丈人承蜩，不知道用的是什么工具。

蜻　蜓

家乡的蜻蜓有三种。

一种极大，头胸浓绿色，腹部有黑色的环纹，尾部两侧有革质的小圆片，叫做"绿豆钢"。这家伙厉害得很，飞时巨大的翅膀磨得嚓嚓地响。或捉之置室内，它会对着窗玻璃猛撞。

一种即常见的蜻蜓，有灰蓝色和绿色的。蜻蜓的眼睛很尖，但到黄昏后眼力就有点不济。它们栖息着不动，从后面轻轻伸手，一捏就能捏住。玩蜻蜓有一种恶作剧的玩法：掐一根狗尾巴草，把草茎插进蜻蜓的屁股，一撒手，蜻蜓就带着狗尾草的穗子飞了。

一种是红蜻蜓。不知道什么道理,说这是灶王爷的马。

另有一种纯黑的蜻蜓,身上,翅膀都是深黑色,我们叫它鬼蜻蜓,因为它有点鬼气。也叫"寡妇"。

刀 螂

刀螂即螳螂。螳螂是很好看的。螳螂的头可以四面转动。螳螂翅膀嫩绿,颜色和脉纹都很美。昆虫翅膀好看的,为螳螂,为纺织娘。

或问:你写这些昆虫什么意思?答曰:我只是希望现在的孩子也能玩玩这些昆虫,对自然发生兴趣。现在的孩子大都只在电子玩具包围中长大,未必是好事。

从桂林山水说到电视连续剧《红楼梦》

应首届漓江旅游文学笔会之邀去了一趟桂林。"桂林山水甲天下",名不虚传。我到过一些风景名胜地区,看了之后,有时会感到失望,觉得盛名之下其实难副,累得腰酸腿疼,殊不值得。桂林不是这样。市境内即多山。屋后路边,随时可以忽然冒出来一座山,拔地而起,形状奇特,匪夷所思。由桂林往阳朔,船行在漓江里,两岸皆山。近山远山,重重叠叠,浓浓淡淡,彼此相望相携,相扶相倚,连绵不断,而皆有特点,无一雷同。坐在船顶,左顾右盼,真是应接不暇。那天下了雨。烟雨漓江,更增画意。参加笔会,免不了要发言,还要当场写字,应急的办法,是临时凑几句旧诗。在赴闭幕式之前,想了四句:

---

* 初刊于《北京文学》一九八七年第十期,初收于《蒲桥集》。

山皆奇特如盆景，

　　水尽温柔似女郎。

　　山水真堪天下甲，

　　桂林小住不思乡。

头一句写得很笨拙，也太实了，只是得其形似而已。第二句稍微有点意思。桂林的水确是很温柔，和我前不久在云南看到的怒江大不一样。怒江真当得一个怒字，山险流急。

离开广西时曾想用文字捉住漓江之游的印象，枯坐多时，毫无办法。

　　描摹清景入新词，

　　烟雨漓江欲霁时。

　　待寄所思无一字，

　　桂林宜画不宜诗。

由此我想到游记其实是很难写的。"状难状之景如在目前"，事实上很难办到。郦道元《水经注》写三峡："两岸连山，略无缺处，自非停午夜分，不见曦月"，可以说把三峡写绝了，然而也只能调动读者的想象，不会读了之后就如同到过三峡一样。具体地重现风景，绘画要比文学更具优越性。同样，调动人们对风景的想象和向往，有时文学优于绘画。各有所长，各有所短，分工不同，性能各异。彼此可以相通,不能代替。王摩诘诗中有画,画中有诗,但是他的画仍是画,诗仍是诗。

各类艺术,都是这样。比如电影和小说。电影常改编小说,电影也可以小说化,但是电影不是小说。小说的特点是作者的叙述语言起绝对作用,而电影是一次性的镜头艺术,画面不可能代替小说作者的叙述语言。有人说凌子风拍的《边城》没有充分表达沈从文的风格,固也;然而我觉得拍成那样就算不易。《边城》的结尾:"这个人也许永远不回来了,也许明天回来!"这在电影里怎么表现呢?

由此,我想到电视连续剧《红楼梦》。对这部电视剧评价不一。有人说好。有人说这是《红楼梦》连环画,有人说这是"郊区版"《红楼梦》,未免有些挖苦。相当多的人说:这不是《红楼梦》。我想说一句公道话:这本来就不是《红楼梦》。电视剧《红楼梦》的优劣姑且不论,但这是电视剧,不是小说。可以从电视剧的角度对它评价,但不能要求它全像小说。可以说长道短,不要强人所难。

鳜　鱼

读《徐文长佚草》，有一首《双鱼》：

> 如缅鳜鱼如鲋枻，鬐张腮呷跳纵横。
>
> 遗民携立岐阳上，要就官船脍具烹。
>
> 青藤道士画并题。鳜鱼不能屈曲，如僵蹶也。缅音计，即今花毯，其鳞纹似之，故曰缅鱼。鲫鱼群附而行，故称鲋鱼。旧传败枻所化，或因其形似耳。

这是一首题画诗。使我发生兴趣的是诗后的附注。鳜鱼为什么叫做鳜鱼呢？是因为它"不能屈曲，如僵蹶也"。此说似有理。鳜鱼是不能屈曲的，因为它的脊骨很硬。但又觉得有些勉强，有点像王安石的《字说》。这种解释我没有听说过，很可能是徐文长自己琢磨出来的。但说它

＊初刊于《北京文学》一九八七年第十一期，初收于《蒲桥集》。

为什么又叫罽鱼,是有道理的。附注里的"即今花毯","毯"字肯定是刻错了或排错了的字,当作"毯"。"罽"是杂色的毛织品,是一种衣料。《汉书·高帝纪下》:"贾人毋得衣锦绣、绮縠、缔纻、罽"。这种毛料子大概到徐文长的时候已经没有了,所以他要注明"即今花毯"。其实罽有花,却不是毯子。用毯子做衣服,未免太厚重。用当时可见的花毯来比罽,原也是没有办法的办法。而且罽或缋,这个字十六世纪认得的人就不多了,所以徐文长注曰"音计"。鳜鱼有些地方叫做"鲜花鱼",如松花江畔的哈尔滨和我的家乡高邮。北京人则反过来读成"花鲜"。叫做"鲜花"是没有讲的。正字应写成"罽花"。鳜鱼身上有杂色斑点,大概古代的罽就是那样。不过如果有哪家饭馆里的菜单上写出"清蒸罽花鱼",绝大部分顾客一定会不知道这是什么东西。即使写成"鳜鱼",有人怕也不认识,很可能念成"厥鱼"(今音)。我小时候有一位老师教我们张志和的"渔父","西塞山前白鹭飞,桃花流水鳜鱼肥",就把"鳜鱼"读成"厥鱼"。因此,现在很多饭馆都写成"桂鱼"。其实这是都可以的吧,写成"鲜花鱼"、"桂鱼",都无所谓,只要是那个东西。不过知道"罽花鱼"的由来,也不失为一件有趣的事。

  鳜鱼是非常好吃的。鱼里头,最好吃的,我以为是鳜鱼。刀鱼刺多，鲥鱼一年里只有那么几天可以捕到。堪与鳜鱼匹敌的，大概只有南方的石斑，尤其是青斑，即"灰鼠石斑"。鳜鱼刺少，肉厚。蒜瓣肉。肉细，嫩，鲜。清蒸、干烧、糖醋、作松鼠鱼，皆妙。氽汤，汤白如牛乳，浓而不腻，远胜鸡汤鸭汤。我在淮安曾多次吃过"干炸鳜花鱼"。二尺多长的活治整鳜鱼入大锅滚油干炸，蘸椒盐，吃了令人咋舌。至今思之，只能如张岱所说："酒足饭饱，惭愧惭愧！"

鳜鱼的缺点是不能放养，因为它是吃鱼的。"大鱼吃小鱼"，其实吃鱼的鱼并不多。据我所知，吃鱼的鱼，只有几种：鳜鱼、鮰鱼、黑鱼（鲨鱼、鲸鱼不算）。鮰鱼本名鮠。《本草纲目·鳞部四》："北人呼鳠，南人呼鮰，并与鮰音相近，迩来通称鮰鱼，而鳠、鮠之名不彰矣。"黑鱼本名乌鳢。现在还有这么叫的。林斤澜《矮凳桥风情》里写了乌鳢，有人看了以为这是一种带神秘色彩的古怪东西，其实即黑鱼而已。

凡吃鱼的鱼，生命力都极顽强。我小时曾在河边看人治黑鱼，内脏都掏空了，此黑鱼仍能跃入水中游去。我在小学时垂钓，曾钓着一条大黑鱼，心里喜欢得怦怦跳，不料大黑鱼把我的钓线挣断，嘴边挂着鱼钩和挺长的一截线游走了！

一九八七年七月八日

银　铛

两个月前，我从云南回来，写了一篇《杨慎在保山》，引《康熙通志》：

> 杨慎归蜀，年已七十余，而滇士有谗之抚臣王昺者。昺，俗戾人也，使四指挥以银铛锁来滇。慎不得已，至滇，则昺以墨败；然慎不能归，病寓禅寺以殁。

乍一看，觉得很新鲜。用银链子把一个曾经中过状元的绝代才子锁回来，可能是一种特殊待遇。如果允许他穿了大红官衣，戴甩发，那"扮相"是很美的。后来一想，王昺是"俗戾人"，干不出这样的韵事。我于是断定："银铛"的"银"，是个误刻的错字。"银"当作"锒"。那么，

＊初刊于《北京文学》一九八七年第十二期，初收于《蒲桥集》。

杨升庵还是被用铁链子锁回云南的。七十多岁的老人,铁索锒铛,一步一步,艰难地在崎岖的山路走着,惨!

近阅《升庵诗话》"锒铛"条云:

> 《后汉书》:"崔烈以银铛锁"。锒铛,大锁也。今多讹作金银之银,至有"银锁三公脚,刀撞仆射头"之句(按,此不知何人诗)。其传讹习舛如此。

读后哑然。想不到升庵这一条小考证,后来竟应在自己的身上。他大概没有想到自己竟至被人"以银铛锁来滇";更没有想到志书上把"锒铛"误为"银铛"。造化如小儿,真能恶作剧!

我到保山,曾希望找到一点升庵的遗迹,但知道这种可能性不大。王昶《滇行日录》曰:

> 访杨升庵谪居故址,为今甲仗库。入视之,有楼三楹,坏不可憩矣。楼下有人书三春柳律句,庭前有桃数株。

王昶是乾隆时人,距升庵也不过二百五十年左右,其时已荒败如此,今天升庵遗迹荡然,是不足怪的。所堪庆幸的是,保山保存关于杨升庵的文字资料还不少,保山人对升庵是很有感情的。

遗址不能寻觅,是不是可以择一好风景的地方给升庵盖一个小小的纪念馆？再小一点，叫做纪念室也可以。保山尽多佳山水，难道不能容升庵一席之地么？

升庵著作甚多，据云有七十种。这些著作大都雕印过。是不是可以搜集到两个全份，一份存新都升庵祠，一份存保山？

对于王昺，我觉得也可以整出一份材料，并且也可以给他辟一个纪念馆。馆内陈列，一概依从王昺的观点，不置可否。一个人迫害知识分子，总有他的道理。

一九八七年七月十一日

水母宫和张郎像

山西太原晋祠在悬瓮山下,从悬瓮山流出一股很粗的泉水,泉名"难老泉",渊渊不绝,不知流了多少年了。泉流出处不远,有一座亭子,亭里有一块竖匾,文曰"永锡难老",是明末的小品文作家、书法家同时又是著名的妇科专家的傅青主写的。难老泉是晋水之源。晋水流经之处稻麦丰盛,草木华滋,女郎俊美。山西人对难老泉充满了感激。

晋祠很值得一看。有结构独特的圣母殿,殿里有四十二尊宋代彩塑侍女立像,好像都能说话。有全国少有的十字飞梁——十字形的桥。还有许多文物价值很高的古建筑。这里只想说说两件不大为人提起的文物,——姑且

---

* 初刊于一九八七年九月十七日香港《大公报》,初收于《蒲桥集》。

也算是文物吧。

一件是水母宫,在难老亭的上首。"宫"甚小,只有一间,红墙,穹门低窄,进门得低头。宫里有一座装金的水母塑像,只有二尺许高。这像的特别处是一点都不华贵,只是一个农村的小媳妇,穿的不是凤冠霞帔,只是普通的裤褂。她身下是一口水缸,缸上扣一口锅盖。她就用北方常见的妇女坐炕的姿态,盘膝坐在锅盖上,微侧着身,伸起手来正在挽发髻,神态很从容。

这有个故事:有一个地方,缺水,吃水艰难。这个少妇嫁到这里以后,每天要到很远的地方去挑水。有一天,来了一个过路人,要一点水喝。少妇舀给他一碗,他喝了还要喝。少妇就给他一个瓢,由他自己喝。不料他竟把一缸水全喝了。少妇心里着急:今天拿什么做饭呢?这过路人说:"我送你一样东西。"他把手里的马鞭子给了她,说:"你把鞭子插在水缸里,要水,把鞭子往上提一截,缸里就有水了。可记住,千万不要把鞭子拔出缸外!"说完了,过路人就不见了。有一天小媳妇回娘家去,她婆婆在家,把马鞭子狠劲往上提,一下子拔出缸外。坏了!水不断流出来,村子淹了!小媳妇正在打开头发梳头,听说婆家村子发大水了,赶紧往回奔。急中生智,拿起一口锅盖扣在水缸上,自己腾地往上一坐。水止住了,村子保住了。水退后，小媳妇才顾得上梳头。

第二件是张郎像，在难老亭下首。

难老泉流出后，东边和西边的村子都要用。水要分。怎么分？两边的村子连年打官司、打架。后来有一个地方官想了一个办法，熬了一锅滚开的热油，扔进十个铜钱，说："你们两边各出一个人，伸手到锅里去捞铜钱，哪边捞出几个钱，就分几股水。"东边村走出一个后生，伸手到油锅里捞出了七个铜钱。从此规定：东边用七股水，西边用三股水，永远不再打架，打官司。后人为了纪念小伙子，给他立了一个像。像不大，模样装束完全是一个农民。小伙子姓张，不知道名字，众口相传，叫他张郎。

有关这两件文物的故事当然是不可信的。水母宫我在别处也见过。张郎像则在离太原不远的赵城分水闸边也有一座。但是故事的思想内容却是极其真实的：水对人的生活太重要了。水不够用，要争，甚至用生命去争；水大了，又会泛滥成灾。

香港人吃的水一部分是从大陆送过去的，你们有没有兴趣听听大陆的土著编制出来的关于水的故事？

坝　上

风梳着莜麦沙沙地响，

山药花翻滚着雪浪。

走半天见不到一个人，

这就是俺们的坝上。

——旧作《旅途》

香港人知道坝上的大概不多，但是不少人知道口蘑。口蘑的集散地在张家口市，但是出产在张家口地区的坝上。

张家口地区分坝上、坝下两个部分。我原来以为"坝"是水坝，不是的。所谓坝是一溜大山，齐齐的，远看倒像是一座大坝。坝上坝下，海拔悬殊。坝下七百公

＊初刊于一九八七年九月二十七日《大公报》，初收于《蒲桥集》。

尺，坝上一千四，几乎是直上直下。汽车从万全县起爬坡，爬得很吃力。一上坝，就忽然开得轻快起来，撒开了欢。坝上是台地，非常平。北方人形容地面之平，说是平得像案板一样。而且非常广阔，一望无际。坝上下，温度也极悬殊。我上坝在九月初，原来穿的是衬衫，一上坝就披起了薄棉袄。坝上冬天冷到零下四十度。冬天上坝，汽车站都要检查乘客有没有大皮袄，曾经有人冻死在车上过。

坝上的地块极大。多大？说是有人牵了一头黄牛去犁地，犁了一趟回来，黄牛带回一只小牛犊，已经都三岁了！

坝上的农作物也和坝下不同，不种高粱、玉米，种莜麦、胡麻、山药。莜麦和西藏的青稞麦是一类的东西，有点像做麦片的燕麦。这种庄稼显得非常干净，看起来像洗过一样，梳过一样。胡麻开着蓝花，像打着一把一把小伞，很秀气。山药即马铃薯。香港人是见过马铃薯的，但是种在地里的马铃薯恐怕见过的人不多。马铃薯开了花，真是像翻滚着雪浪。

坝上有草原，多马、牛、羊。坝上的羊肉不膻，因为羊吃了野葱，自己已经把膻味解了。据说过去北京东来顺涮羊肉的羊都是从坝上赶了去的。——不是用车运，而是雇人成群地赶去的。羊一路走,一路吃草,到北京才不掉膘。

口蘑很奇怪,长在一定的地方,不是到处长。长蘑菇的地方叫做"蘑菇圈"。在草地上远远看去,有一圈草特别绿,那就是蘑菇圈。蘑菇圈是正圆的。蘑菇就长在这一圈草里。——圈里不长,圈外也不长。有人说这地方过去曾扎过蒙古包,蒙古人把吃剩的肉汤、骨头丢在蒙古包周围,这一圈土特别肥,所以长蘑菇。但据研究蘑菇的专家告诉我,兹说不可信。我采过蘑菇。下过雨,出了太阳,空气潮暖,蘑菇就出来了。从土里顶出一个小小的白帽,雪白的。哈,蘑菇!我第一次采到蘑菇,其惊喜不下于小时候第一次钓到一条鱼。

口蘑品种很多。伞盖背面菌丝作紫黑色的,叫"黑片蘑",品最次。比较名贵的是青腿子、鸡腿子、白蘑。我曾亲自采到一个白蘑,晾干了,带回北京。一个白蘑做了一大碗汤,一家人都喝了,都说:"鲜极了!"口蘑要干制了才好吃,鲜口蘑不好吃,不像云南的鸡𪋿或冬菇。我在井冈山吃过才摘的鲜冬菇,风味绝佳,无可比拟。

坝上还出百灵。过去有那种游手好闲,不好好种地的人,即靠采蘑菇和扣百灵为生。百灵为什么要"扣"呢?因为它是落在地面上的。百灵的爪子不能拳曲,不能栖息在树上,——抓不住树枝。养百灵的笼里不要栖棍,只有一个"台",百灵想唱歌,就登台表演。至于怎样"扣",我则未闻其详。关里的百灵很多都是从"口外"去的。但是口外百灵到了关里得经过一段时间的调教,否则它叫起来带有口外的口音。咦,鸟还有乡音呀?

《戏联选萃》序

高邮金实秋承其家学,长于掌故,钩沉爬梳,用功甚勤。他搜集了很多戏台上用的对联,让我看看。我觉得这是有意思的工作。

从不少对联中可以看出中国人的历史观和戏剧观。有名的对联是"戏台小天地,天地大戏台"。这和莎士比亚的名句"整个世界是一座舞台,所有的男男女女只不过是演员"极其相似。古今中外,人情相通如此。这是一条比较文学的重要资料。"上场应念下场日,看戏无非做戏人",莎士比亚也说过类似的话:"每个人物都有上场和下

---

* 初刊于《读书》一九八七年第八期,题为《戏台天地——为〈戏联选〉而写》,文后所标写作时间地点初版时删去;初收于《蒲桥集》。是为《古今戏曲楹联荟萃》(金实秋著,中国戏剧出版社一九九二年版)序言。

场”，但似无此精炼。中国汉字繁体字的戏字，左从虚，右从戈，于是很多对联便在这上面做文章。大意无非是：万事皆属虚空，何必大动干戈！其实在汉字的戏字，左旁是“䖒”，属“虚”是后起的异体字，不过后来写成“虚”了，就难怪文人搞这种拆字的游戏。虽是拆字，但也反映出一种对于人生的态度。有些对联并不拆字，也表现了近似的思想，如：“功名富贵镜中花，玉带乌纱，回头了千秋事业；离合悲欢皆幻梦，佳人才子，转眼间百岁风光”，如：“牛鬼蛇神空际色，丁歌甲舞镜中花”。有的写得好像很有气魄，粪土王侯，睥睨才士，一切都不在话下，如清代纪昀的长联：“尧舜生，汤武净，五霸七雄丑角耳，汉祖唐宗，也算一时名角，其余拜将封侯，不过捎旗打伞跑龙套；四书白，五经引，诸子百家杂曲也，李白杜甫，能唱几句乱弹，此外咬文嚼字，都是求钱乞食耍猴儿。”这位纪老先生大概多吃了几杯酒，嘻笑怒骂，故作大言。他真能看得这样超脱么？未必！有不少对联是肯定戏曲的社会功能的。或强调其教育作用，如“借虚事指点实事，托古人提醒今人”；或强调其认识作用，如“有声画谱描人物，无字文章写古今”。有的正面劝人作忠臣孝子，即所谓“高台教化”了，曾国藩、左宗棠所写的对联都如此。他们的对联都很拙劣。倒是昔年北京同乐轩戏园的对联，我以为比较符合戏曲的艺术规律："作廿四史观，镜中人呼之欲出；当三百篇读，弦外意悠然可思。"至于贵阳江南会馆戏台的对联："花深深，柳阴阴，听剧院声歌，且凉凉去；月浅浅，风蔼蔼，数高城更鼓，好缓缓归"，这样的对看戏的无功利态度，我颇欣赏。这种曾点式的对生活的无追求的追求，乃是儒家正宗。

中国的演戏是人神共乐。最初是演给神看的，是祭典的一个组成部分。《九歌》可以看作是戏剧的雏形，《湘君·湘夫人》已经有一点情节，有了戏剧动作（希腊戏剧原来也是演给神看的）。各地固定的戏台多属"庙台"。城隍庙、火神庙、土地庙、观音庙，都可以有戏台。我小时候常看戏的地方是泰山庙、炼阳观和城隍庙。这些庙台台口的柱子上多半有对联。这些对联多半是上联颂扬该庙菩萨的盛德，下联说老百姓可以沾光看戏。庙台对联要庄重，写得好的很少。有时演戏是专门为了一种灾祸的消弭而谢神的，水灾、旱灾、火灾之后，常常要演几天戏。有一副酬雨神的戏台的台联："小雨一犁，这才是天随人愿；大戏五日，也不过心到神知"，写得很潇洒，很有点幽默感，作者对演戏酬神并不看得那么认真，所以可贵。这应该算是戏联里的佳作。甚至闹蝗虫也可以演戏，这是我以前不知道的。武进奔牛镇捕蝗演戏戏台的对子："尔子孙绳绳，民弗福也，幸毋集翼于原田每每；我黍稷郁郁，神其保诸，报以祔缶而歌呼乌乌"，写得也颇滑稽。大概制联的名士对唱戏驱蝗也是不大相信的，这副对联"不丑"。

很多会馆都有戏台。北京虎坊桥福州馆[1]的戏台是北京迄今保存得比较完好的古戏台之一。会馆筑台唱戏，一是为联络乡谊，二是为了谢神。广西两粤会馆戏台台联："百粤两省廿七部诸同乡，于时语言，于时庐旅；五声六律十二宫大合乐，可与酬酢，可与祐神"，说出了会馆演戏的作用（会馆演戏常是邀了本乡的班子来演的）。宋元以后，商业经济兴起，形成行帮。行，是不同行业，帮则与地域有关。一都市的某一行业，常为某地区商人匠人所把持，于是出现了许多同乡会——会馆，这是他们生存竞争的相当坚实的组织。许多会馆戏台的对联给我们提供了解这方面情况的资料。俞曲园是为会馆戏台制联的高手。会馆戏台台联一般都要同时叩合异地和本土的风光。又要和演剧相关联，不易工稳；但又几乎成为固定的格式，少有新意。

三百六十行，都有行会。他们定期集会，也演戏，一般都在祖师爷的生日。行会酬神戏台的对联有些写得不即不离，句句说的是本行，而又别有寄托，如酒业戏台联

---

[1] "福州馆"应为"湖广会馆"。——编者注

"正值柳梢青,乍三叠歌来,劝君更进一杯酒;如逢李太白,便百篇和去,与尔同销万古愁",铁器行戏台联:"装成千古化身,铁马金戈,总是坚心炼就;演出一场关目,风情火性,无非巧手得来",都是如此。

春夏秋冬,四时演戏,都有台联,大都工巧。

后来有了专业营业性的剧场,就和谢神、联谊脱离了关系,舞台的台联也大都只谈艺术了。有些戏联是与剧种、剧目有关的。有的甚至只涉及某个演员。

对联是中国特有的文学形式(一九三九年我路过越南时曾看到寺庙里也有对联,但我全不认识,虽然横竖撇捺也像是汉字,但结构比汉字繁复,不知是什么字)。这跟汉语、汉字的特点是有关系的。它得是表意的,单音缀的,并且是有不同调值(平上去入)的,才能搞出对联这种花样。在极其有限的篇幅里要表达广阔的意义,有情有景,还要形成对比和连属,确实也不容易。相当多的对联是陈腐的,但也有十分清新可喜的。戏联因为是挂在戏台上让读书不多的市民看的,大都致力于通俗,常用口语,如"大戏五日,也不过心到神知"即是,这是戏联的一个特点。

我觉得戏联至少有两方面的价值。一是民俗方面的,一是文学方面的。

实秋索序，我对戏联没有深入的研究，只能略抒读后的感想，如上。

一九八六年十二月二十八日于北京蒲黄榆路寓楼

《市井小说选》序

作家出版社要我为《市井小说选》写一篇序。我没有留心过这方面的问题,连"市井小说"这个词儿也是头一回听说,说点什么呢?

"市井小说"写的多半是市民,为什么不就叫"市民小说"?我想大概是要和"市民文学"区别开来。"市民文学"是一个历史的概念。这是产生在封建时期,应手工业者和商人的要求而兴起的文学,反映他们的社会生活和家庭生活的悲欢离合。唐人小说开其端,宋人话本达到高潮。"市井小说"和这些不一样。"市井小说"不是《今古

---

* 初刊于一九八八年三月十八日《光明日报》,题为《话说"市井小说"》,有删改;初收于《蒲桥集》。是为《市井小说选》(杨德华编,作家出版社一九八八年版)序言。

奇观》、"三言二拍",主要的分别在思想。"市民文学"对封建秩序有所抨击,但本身具有很大的封建性。"市井小说"兴起于"五四"以后,"市井小说"的作者有意识或不太有意识是广义的社会主义者。"市井小说"是社会主义文学。"市民文学"的作者的思想和他们所描写的人物是在一个水平上的,作者的思想常常就是人物的思想,即市民思想。"市井小说"作者的思想在一个更高的层次。他们对市民的生活观察角度是俯视的,因此能看得更为真切,更为深刻。

"市井小说"没有史诗,所写的都是小人小事。"市井小说"里没有"英雄",写的都是极其平凡的人。"市井小说"嘛,都是"芸芸众生"。芸芸众生,大量存在,中国有多少城市,有多少市民?他们也都是人,就应该对他们注视,从"人"的角度对他们的生活观察、思考、表现。

现代市民的生活和他们的思想意识和历史上的市民有一定的继承性。他们社会地位不高,财力有限,辛苦劳碌,差堪温饱。他们有一些朴素的道德标准,比如安分、敬老、仗义、爱国。他们有一些人有的时候会表现出难能的高贵品质。但是贤愚不等,流品很杂。正因如此,才有所谓"市井百态",才值得一看。他们的生活是平淡的,但因时势播迁,他们也会有许多奇奇怪怪、坑坑洼洼的遭遇。"市井小说"作者的笔下,往往对他们寄与同情。但是这些人是属于浅思维型的。他们只能想怎样活着(这对他们是不易的);而想不到人为什么活着(这对他们来说太深奥了)。他们的思想上升不到哲学的高度。他们是庸俗的。"市俗",市和俗总是联在一起的。他们的行事往往是可笑的,因此"市井小说"大都带有喜剧性,有些近于"游戏文章"。有谐谑,但不很尖刻;有嘲讽,但比较温和。市民是一个不活跃的阶层,他们是封闭的,保守的。他们缺乏冒险、探索,特别是缺乏叛逆精神,他们大都是"当了一辈子顺民"。他们既是社会的稳定因素,又是时代的负累。但是这是怎样造成的?有什么办法能使他们改变这种情况?谁也开不出一个药方。因此,"市井小说"在轻松玩世的后面隐伏着悲痛。

"市井小说"是复杂的,我的以上的分析大概没有准确的概括性,姑妄言之而已。

"市井小说"和"市民文学"是有渊源的。两者都爱穿插风物节令的描写,可作民俗学的资料。所不同处是"市民文学"中有大量的色情描写,而"市井小说"似乎没有继承这个传统。"市井小说"的语言一般是朴素、通俗的。多数"市井小说"的语言接近口语,句式和辞汇都与所表现的人物能相协调。在叙述方法上比较注意起承转合,首尾呼应。"时空交错"、"意识流",很少运用。但是上乘的"市井小说"力避"市民文学"的套子。这些作者以俗为雅,以故为新,他们在探索一种具有浓厚的民族色彩但并不陈旧的文体。

"市井小说"和"军事文学"、"农村文学"……是并行的。如果它们有对立面,那可能是贵族文学或书斋文学,是普鲁士特、亨利·詹姆士、弗琴妮亚·沃尔芙。"市井小说"的作者不用他们的方法写作,虽然他们并不排斥普鲁士特、詹姆士、沃尔芙。

从这本选集看,实际可分上下两辑。上辑大都是三十年代以前的,下辑是五十年代后期至八十年代的,当中缺了一段。为什么会缺了一段?这很值得深思。"市井小说"到了七八十年代又接续上,这说明我们的文学不限于写"工农兵"了。这些小说的出版至少证明我们的写作题材领域拓宽了一步,无论如何,这是好事。

一九八八年一月六日

字的灾难

北京人遭到一场字的灾难。

从前在北京上街,遇不到这样多的字。看到一些字,是很愉快的。到琉璃厂一带看看"青藜阁"之类的旧书店、各家南纸店的招牌,是一种享受。这些匾大小合适,制作讲究而朴素,字体清雅无火气。经过卖藤萝饼的"正明斋",卖帽子的"同陞和",招牌上骨力强劲而并不霸悍的大字会使人放慢脚步多看两眼。许多不大的铺子门前,还能看到"有匾皆书垿"的王垿的稍带行书笔意的欧体字,虽多,但不俗。东单牌楼香烛店的"细心坚烛、诚意高香",西单牌楼桂香村的"味珍鸡蹠、香渍豚蹄",那字也看得过去。就是煤铺门外粉壁上的"乌金墨玉、石火光

---

* 初刊于一九八八年六月五日《光明日报》,初收于《蒲桥集》。

恒",写的也并非"酱肘子字"。北京牌匾的字多可看,让人觉得北京真是"文化城",有文化。

现在可不然了。满街都是字。许多店铺把所卖的货物用红漆写在门前的白墙上,更多的是用塑料刻的字反贴在橱窗的大玻璃上。一个五金交电公司,可以把阀门、导管、扁线、圆线、开关、变压器……一塌刮子都标明在橱窗上,写得满满的。这是干什么?如果是中药店呢?是不是要把人参、鹿茸、甘草、黄芪、防风、连翘、肉桂、厚朴、槟榔、通草、福橘络、兔丝子……都写在橱窗上?再加上到处的菜摊都用竖立的黑板,白粉大书:"芫荽";所有的小饭馆都在门外矗着一个红漆的牌子,用黄色的广告色写道:"涮羊肉",于是北京到处是字,喧嚣哄闹,一塌胡涂。

"文化大革命"以后,逐渐恢复了请人写招牌的风气,这本是好事。我很欣赏天桥实惠餐馆的一块很小的匾,黑地绿字,写的是繁体字,笔画如兰叶,稍带分书笔意,却不作蚕头燕尾,字体微长,横平竖直,很雅致。大字里最好的我以为是"懋隆",只有两个字。这两个字笔划都多,本不好摆,但是位置摆得恰好,很稳,而且笔到墨到,流畅饱满。我最初怀疑这是集的郑孝胥的字,后来看加了款,是赵朴初写的(落款有损"画面"的完整,没有原来的好看了)。赵朴老的匾还有一块写得很好的是"功德林"(这是一个素菜馆)。启功写的匾,我以为最好看的是"洞庭春酒家",不大,黑地金字,放在一个垂花门里,真是美极了。启功老的字书生气重,放得太大,易显得单薄,这样大小正合适。陈叔老(亮)的字功力深厚,虽枯实腴,但笔稍瘦,又喜作行草,于牌匾不甚相宜。如为"鸿霞"写的一块,字很好,但那"霞"字写得很草,恐怕很多人不认得。近二三年,写的字在商店、公司、餐厅间最时行的,似是刘炳森和李铎。他们是中年书法家。刘炳森的字我在京西宾馆看过两个条幅,隶书,规规矩矩,笔也提得起,是汉隶,很不错。但是他写的招牌笔却是扁的,完全如包世臣所说:"毫铺纸上",不知是写时即是这样,还是做招牌做成了这样?他的字常被用氧化铝之类的金属贴面,表面平滑,锃光瓦亮,越发显得笔很扁。隶书是不宜用这样的"工艺"处理的。李铎的字我在卧龙冈武侯祠看到过一副对联,字很潇洒,用笔犹有晋人意(不知我有没有记错)。但他近年的字变了,用笔捩转,结体险怪,字有怒气。这种字写八尺甚至丈二匹的大横幅,很有气势,但作商店的招牌不甚相宜。抬头看见几个愤愤不平的大字,也许会使顾客望而却步。刘炳森和李铎的字在商业界似乎已经产生一种迷信,似乎有了这样的字的招牌,这个买卖才算个像样的买卖，有如过去上海的银楼、绸缎庄都得请武进唐驼写一块匾，天津则粮食店、南货店都得请华世奎写一样。刘炳森和李铎应该意识到自己的社会责任，除了照顾老板、经理的商业心理（他们的字写成某种样子可能受了买主的怂恿），也照顾一下市民的审美心理。你们有没有意识到，你们的字对北京的市容是有影响的？

北京街上字多，而且越来越大，五颜六色，金光闪闪，这反映了北京人的一种浮躁的文化心理。希望北京的字少一点，小一点，写得好一点，使人有安定感，从容感。这问题的重要性不下于加强绿化。

"桥边杂记"序

《陶然亭》要我开一个专栏,我没敢答应。我怕一开专栏,就戴上了"嚼子"。起初几篇也许还有点意思,到后来越写越"寡气"。作者骑虎难下,读者望而摇头,岂不尴尬?编者说:你写什么都可以,可长可短。意兴已尽,随时可以收场。我想这倒可以试一试。我不会下棋、打扑克,工作之余,只是看看闲书,或独坐着想一些无补于国计民生的小问题。偶有所感,不妨写出。其品格大概超不过一杯"高末"。如果能有一点单宁、咖啡因,那就很好。再有一点 VC,可真是喜出望外了。所居在东蒲桥边,因将这些小方块文章统名为"桥边杂记"。

一九八六年六月六日

---

* 初刊于一九八六年六月三十日《北京晚报》,初收于人民文学版《汪曾祺全集》第九卷。

比罚款更好的办法

到处都罚款。有的罚款是必要的,比如对待随地吐痰,无照设摊。但是什么都用罚款的办法来解决:乱倒垃圾,罚款;随便放车,罚款……这就不大好。罚款本来应由政府部门执行,现在任何店铺、住家,都可以作出罚款的规定,未免奇怪。至于公园里,几乎无一例外,都有牌示:"严禁攀折花木,违者罚款",这一明文似乎古已有之了。有没有更好的办法呢?

苏州沧浪亭,有一处小厅,窗外有几棵梅花,枝叶甚茂,游人伸手可以攀折。这里没有罚款的禁令,却用一个扇面形的小小木牌,写了四句诗:

---

* 初刊于一九八六年六月三十日《北京晚报》,初收于人民文学版《汪曾祺全集》第四卷。

窗外数株梅，迎寒冒雪开。

劝君多护惜，留待暗香来。

诗不是什么了不得的好诗，但比"违者罚款"更高雅一点。

多一点诗教，少一点禁令，也许我们这个民族会更文明一点。

写信即是练笔

董其昌《画禅室随笔·评法书》载:"吾乡陆俨山先生作书,虽率尔应酬,皆不苟且。常曰:即此便是写字,时须用敬也。吾每服膺斯言,而作书不能不拣择。或闲窗游戏,都有著精神处,惟应酬作答,皆率易苟完,此最是病。今后遇笔砚便当起矜庄想。古人无一笔不怕千载后人指摘,故能成名。"又载:"吾乡陆宫詹,以书名家,虽率尔作应酬字,俱不苟且,曰:即此便是学字,何得放过。"

此陆宫詹大概就是陆俨山。他的字我没看见过,据说是学李北海的,但是他的话我却觉得很有道理。他说的是写字,我觉得作文章也应该是这样。随便写一封信,写一

---

* 初刊于一九八六年七月十四日《北京晚报》,初收于人民文学版《汪曾祺全集》第九卷。

个便条,在文字上都不能马虎,"遇笔研便当起矜庄想"。这要养成习惯。古人的许多散文的名篇,原来也都是信。鲁迅书信都写得很有风致,具有很大的可读性。曾见叶圣老写给别人的信,工整干净,每一字句都是经过斟酌的。我有时收到青年作家的信,字迹潦草,标点符号漫不经心,分不清是逗号、顿号还是句号。"此最是病"。写信如此,写作品就能认真么?

灵通麻雀

闵兆华家有过一只很怪的麻雀。

这只麻雀跌在地上,折了一条腿(大概是小孩子拿弹弓打的),兆华的爱人捡了起来,给它上了一点消炎粉,用纱布裹巴裹巴,麻雀好了。好了,它就不走了。兆华有一顶旧棉帽子,挂在墙上,就成了它的窝。棉帽子里朝外,晚上,它钻进去,兆华的爱人把帽子翻了过来,它就在帽里睡一夜。天亮了,棉帽子往外一翻,它就忒楞楞楞要出来了。兆华家不给它预备鸟食。人吃什么它吃什么。吃饭的时候,它落在兆华爱人的肩上,兆华爱人随时喂它一口。它生了病——发烧,给它吃了一点四环素之类的

---

* 初刊于一九八六年七月二十八日《北京晚报》,初收于北师大版《汪曾祺全集》第四卷。

药，也就好了。它每天就出去玩，但只要兆华爱人在窗口喊一声："鸟——"，它呼的一声就飞回来。

兆华爱人绣花。有时因事走开，麻雀就看着桌上的绣活，谁也不许动。你动一下，它就嗛你！

兆华领回了工资，放在大衣口袋里，麻雀会把钞票一张一张地叼出来，送到兆华爱人——它的女主人的面前！

我知道这只麻雀的时候，它已经活了四年多，毛色变得很深，发黑了。

有一位鸟类学专家曾特地到兆华家去看过这只麻雀。他认为有两点不可解：

一、麻雀的寿命一般是两年，这只麻雀怎么能活了四年多呢？

二、鸟类一般是没有思维的。这只麻雀能看绣活，叼钞票，这算什么呢？能够说是思维么？

天地间有许多事情需要作新的探索。

博　雅

德熙写信来，说吴征镒到北京了，希望我去他家聚一聚。我和吴征镒——按辈份我应当称他吴先生，但我们从前都称他为"吴老爷"，已经四十年不见了。他是研究植物的，现在是植物研究所的名誉所长。我们认识，却是因为唱曲子。在陶光（重华）的倡导下，云南大学组织了一个曲会。参加的是联大、云大的师生。有时还办"同期"，也有两校以外的曲友来一起唱。吴老爷是常到的。他唱老生，嗓子好，中气足，能把《弹词》的"九转货郎儿"一气唱到底，苍劲饱满，富于感情。除了唱曲子，他还写诗，新诗旧诗都写。我们见面，谈了很多往事。我问他还写不

＊初刊于一九八六年八月十一、二十五日《北京晚报》，初收于北师大版《汪曾祺全集》第四卷。

写诗了,他说早不写了,没有时间。曲子是一直还唱的。我说我早就想写一篇关于他的报告文学,他连说"不敢当,不敢当!"已经有好几篇关于他的报告文学了,他都不太满意。这也难怪,采访他的人大都侧重在他研究植物学的锲而不舍的精神,不大了解我们这位吴老爷的诗人气质。我说他的学术著作是"植物诗",他没有反对。他说起陶光送给他的一副对联:

为有才华翻蕴藉

每于朴素见风流

这副对子很能道出吴征镒的品格。

当时和我们一起拍曲子的,不止是中文系、历史系的师生,也有理工学院的。数学系教授许宝騄就是一个。许家是昆曲世家,许先生唱得很讲究。我的《刺虎》就是他教的。生物系教授崔芝兰(女,一辈子研究蝌蚪的尾巴)几乎是每"期"必到,而且多半是唱《西楼记》。

西南联大的理工学院的教授兼能文事,——对文艺有兴趣,而且修养极高的,不乏其人。华罗庚先生善写散曲体的诗,是大家都知道的。有一次我在一家裱画店里看到一幅不大的银红蜡笺的单条,写的是极其秀雅流丽的文征明体的小楷。我当时就被吸引住了,走进去看了半天,一边感叹:现在能写这种文征明体的小字的人,不多了。看了看落款,却是:赵九章!赵九章是地球物理专家,后来是地球物理研究所的所长。真没想到,他还如此精于书法!

联大的学生也是如此。理工学院的学生大都看文学书。闻一多先生讲《古代神话》、罗膺中先生讲《杜诗》,大教室里里外外站了很多人听。他们很多是工学院的学生,他们从工学院所在的拓东路,穿过一座昆明城,跑到"昆中北院"来,就为了听两节课!

有人问我:西南联大的学风有些什么特点,这不好回答,但有一点可以提一提:博、雅。

解放以后,我们的学制,在中学就把学生分为文科、理科。这办法不一定好。

听说清华大学现在开了文学课,好!

沈括的幽默

在拉萨八角街一家卖草药的铺子里看到一只颜色发了红的小小的干螃蟹,放在一只黑漆的盘子里,很惊奇。卖药的一定以为这个奇形怪状的东西会有神异的力量。这东西大概不是西藏所产,物稀则贵。我忽然想起了《梦溪笔谈》。《笔谈》四六七条:

"关中无螃蟹。元丰中,予在陕西,闻秦州人家收得一干蟹,土人怖其形状,以为怪物,每人家有病疟者,则借去挂门户上,往往遂差。不但人不识,鬼亦不识也。"

沈括是我很佩服的人。他学识丰富,文笔整洁,这是大家都知道的。从《笔谈》里,我看出他是一个恬淡和

---

* 初刊于一九八六年九月二十二日《北京晚报》,初收于北师大版《汪曾祺全集》第四卷。

平的人。《笔谈》自序云:"以之为言则甚卑,以予为无意于言,可也。"因为他是用这样的无功利的态度来写作的,所以才能写得这样的洒脱。这才是真正的随笔。我尤其喜欢的,是他还很有幽默感。如四〇九条记"凌床";四一三条记石曼卿覆考黜落为一绝句;四四六条记北方人用麻油煎带壳生蛤蜊,读之都使人莞然。这一条记秦州人不识螃蟹是其最著者。"不但人不识,鬼亦不识也",是沈括所发的议论。如此议论,真是妙绝。我每次一想起,都要一个人哈哈大笑。如有人选一本《中国幽默文选》,此则当可压卷。

我在拉萨会忽然想起沈括,这件事也怪有意思。

苏三监狱

晚报载姜伟堂同志写的《"苏三监狱"纯系附会》,把玉堂春故事的来龙去脉说得很清楚。说苏三在洪洞县蹲过监狱实在是"老虎闻鼻烟"——没有那宗事儿。

一九六三年初,我曾到洪洞县去了一趟。县里有一位老先生,是苏三问题专家。他陪同我们参观了苏三的遗迹,还送了我们一本《苏三传说》的小册子。我当时在心里有点好笑:苏三成了洪洞县的乡贤了!

这位老先生陪我们参观了县大堂,指定一块方砖,说是苏三就是跪在这里受审的。我们"哦哦"。

接着就参观"苏三监狱"。这是一座很小的监狱,监

---

* 初刊于一九八六年十月六日《北京晚报》,初收于北师大版《汪曾祺全集》第四卷。

门只有一般人家的独扇门那样大。门头画着一只老虎头，这就是"狴犴"了。进门，有一溜低矮的房屋，瓦顶、砖墙、砖地，这是男监。穿过一条很窄的胡同（胡同两侧的瓦檐甚低，如系江洋大盗，稍有武功，可以毫不费事地纵身越狱），便是女监。女监是一座三合院，南、北、东面都是"监号"。老先生向我们介绍：北边的监号，就是苏三住的。院子里有一口井，叫做苏三井。井栏很小，只有一个大号洗脸盆那样大，却颇高。井栏是青石的，使我们不能不感动的，是井栏内侧有很多深深的道道，这是井绳拉出来的。从明朝拉到现在，几百年了，才能拉出这样深的绳道，啊呀！我不禁想起苏三从井里汲水，在井边梳头的样子。

洪洞县街上还有一家药铺，叫做××堂，传说赵监生毒死沈燕林的砒霜（原来是想毒死玉堂春的），就是从这家药铺买的。那装砒霜的青花瓷坛还保存着，用一块红绸子衬托着，放在柜台的一端，任人观看。据说这家药铺明朝就有。赵监生（如果有这个人）从这一家、这个坛子里买了砒霜，是有可能的——砒霜是剧毒，是不能随便换坛子的。

参观了这里，使我想起一个问题。我原来觉得洪洞县的人对苏三传说如此牵强附会，言之凿凿，未免可笑。走在洪洞县的街上,我想:到底是谁可笑?是洪洞县人,还是对传说持怀疑态度的我?

再谈苏三

《玉堂春》这出戏为什么流传久远,至今还有生命力?我想主要是由于人们对一个妓女的坎坷曲折的命运的同情。这出戏在艺术上有很大的特点,可以给人美感享受,这里不去说它。

对于今天的观众来说,这出戏有相当大的认识作用。透过一个妓女的遭遇,使我们了解那个时代,那个社会的一个侧面,了解商业经济兴起时期的市民意识,看出我们这个民族的一块病灶。从这一点说,这出戏是有现实意义的。

不少人在改《玉堂春》,实在是多一事不如少一事。

＊初刊于一九八七年一月十日《北京晚报》,初收于北师大版《汪曾祺全集》第四卷。

《起解》原来有一句念白:"待我辞别狱神,也好赶路",有人改为"待我辞别辞别,也好赶路"。为什么呢?因为提到狱神,就是迷信。唉!保留原词,使我们知道监狱里供着狱神;犯人起解,辞别狱神,是规矩,这不挺好么?祈求狱神保佑,这很符合一个无告的女犯的心理,能增加一点悲剧色彩,为什么要改呢?

有一个戏校老师把"头一个开怀是哪一个","十六岁开怀是那王公子"的"开怀"改了,说是怕学生问他什么叫"开怀",他不好解释。这有什么不好解释的呢?"开怀"是妓院的术语,这很有妓院生活的特点,而且也并不"牙碜"。这位老先生改成什么呢,改成了"结友"。可笑!

有一位女演员把"不顾腌臜怀中抱,在神案底下叙一叙旧情"掐掉了,说是"黄色"。真是!你叫玉堂春这妓女怎样表达感情,给王金龙念一首诗?

这样的改法,削弱了原剧的认识作用。

自报家门

京剧的角色出台,大都有一段相当长的独白。向观众介绍自己的历史,最近遇到什么事,他将要干什么,叫做"自报家门"。过去西方戏剧很少用这种办法。西方戏剧的第一幕往往是介绍人物,通过别人之口互相介绍出剧中人。这实在很费事。中国的"自报家门"省事得多。我采取这种办法,也是为了图省事,省得麻烦别人。

法国安妮·居里安[1]女士打算翻译我的小说。她从波士顿要到另一个城市去,已经订好了飞机票。听说我要到波士顿,特意把机票退了,好跟我见一面。她谈了对我的

---

* 初刊于《作家》一九八八年第七期,文后所标写作时间初版时删去;初收于《蒲桥集》。

1 初刊本为 Annie Curien,从初版本。——编者注

小说的印象，谈得很聪明。有一点是别的评论家没有提过，我自己从来没有意识到的。她说我很多小说里都有水。《大淖记事》是这样。《受戒》写水虽不多，但充满了水的感觉。我想了想，真是这样。这是很自然的。我的家乡是一个水乡。江苏北部一个不大的城市——高邮。在运河的旁边。运河西边，是高邮湖。城的地势低，据说运河的河底和城墙垛子一般高。我们小时候到运河堤上去玩，可以俯瞰堤下人家的屋顶。因此，常常闹水灾。县境内有很多河道。出城到乡镇，大都是坐船。农民几乎家家都有船。水不但于不自觉中成了我的一些小说的背景，并且也影响了我的小说的风格。水有时是汹涌澎湃的，但我们那里的水平常总是柔软的，平和的，静静地流着。

我是一九二〇年生的。三月五日。按阴历算，那天正好是正月十五，元宵节。这是一个吉祥的日子。中国一直很重视这个节日。到现在还是这样。到了这天，家家吃"元宵"，南北皆然。沾了这个光，我每年的生日都不会忘记。

我的家庭是一个旧式的地主家庭。房屋、家具、习俗，都很旧。整所住宅，只有一处叫做"花厅"的三大间是明亮的，因为朝南的一溜大窗户是安玻璃的。其余的屋子的窗格上都糊的是白纸。一直到我读高中时，晚上有的屋里点的还是豆油灯。这在全城（除了乡下）大概找不出几家。

我的祖父是清朝末科的"拔贡"。这是略高于"秀才"的功名。据说要八股文写得特别好，才能被选为"拔贡"。他有相当多的田产，大概有两三千亩田。还开着两家药店，一家布店，但是生活却很俭省。他爱喝一点酒，酒菜不过是一个咸鸭蛋，而且一个咸鸭蛋能喝两顿酒。喝了酒有时就一个人在屋里大声背唐诗。他同时又是一个免费为人医治眼疾的眼科医生。我们家看眼科是祖传的。在孙辈里他比较喜欢我。他让我闻他的鼻烟。有一回我不停地打嗝，他忽然把我叫到跟前，问我他吩咐我做的事做好了没有。我想了半天，他吩咐过我做什么事呀？我使劲地想。他哈哈大笑："嗝不打了吧！"他说这是治打嗝的最好的办法。他教过我读《论语》，还教我写过初步的八股文，说如果在清朝，我完全可以中一个秀才（那年我才十三岁）。他赏给我一块紫色的端砚，好几本很名贵的原拓本字帖。一个封建家庭的祖父对于孙子的偏爱，也仅能表现到这个程度。

我的生母姓杨。杨家是本县的大族。在我三岁时，她就死去了。她得的是肺病，早就一个人住在一间偏屋里，和家人隔离了。她不让人把我抱去见她。因此我对她全无印象。我只能从她的遗像（据说画得很像）上知道她是什么样子，另外我从父亲的画室里翻出一摞她生前写的大楷，字写得很清秀。由此我知道我的母亲是读过书的。她嫁给我父亲后还能每天写一张大字，可见她还过着一种闺秀式的生活，不为柴米操心。

我父亲是我所知道的一个最聪明的人。多才多艺。他不但金石书画皆通，而且是一个擅长单杠的体操运动员，一名足球健将。他还练过中国的武术。他有一间画室，为了用色准确，裱糊得"四白落地"。他后半生不常作画，以"懒"出名。他的画室里堆积了很多求画人送来的宣纸，上面都贴了一个红签："敬求法绘，赐呼××"。我的继母有时提醒："这几张纸，你该给人家画画了"，父亲看看红签，说："这人已经死了。"每逢春秋佳日，天气晴和，他就打开画室作画。我非常喜欢站在旁边看他画，对着宣纸端详半天。先用笔杆的一头或大拇指指甲在纸上划几道，决定布局，然后画花头、枝干、布叶、勾筋。画成了，再看看，收拾一遍，题字，盖章，用摁钉钉在板壁上，再反复看看。他年轻时曾画过工笔的菊花。能辨别、表现很多菊花品种。因为他是阴历九月生的，在中国，习惯把九月叫做菊月，所以对菊花特别有感情。后来就放笔作写意花卉了。他的画，照我看是很有功力的。可惜局处在一个小县城里，未能浪游万里，多睹大家真迹。又未曾学诗，题识多用成句，只成"一方之士"，声名传得不远。很可惜！他学过很多乐器，笙箫管笛、琵琶、古琴都会。他的胡琴拉得很好。几乎所有的中国乐器我们家都有过。包括唢呐、海笛。他吹过的箫和笛子是我一生中见过的最好的箫笛。他的手很巧，心很细。我母亲的冥衣（中国人相信人死了，在另一个世界——阴间还要生活，故用纸糊制了生活用物烧了，使死者可以"冥中收用"，统称冥器。）是他亲手糊的。他选购了各种砑花的色纸，糊了很多套，四季衣裳，单夹皮棉，应有尽有。"裘皮"剪得极细，和真的一样，还能分出羊皮、狐皮。他会糊风筝。有一年糊了一个蜈蚣——这是风筝最难的一种，带着儿女到麦田里去放。蜈蚣在天上矫矢摆动，跟活的一样。这是我永远不能忘记的一天。他放蜈蚣用的是胡琴的"老弦"。用琴弦放风筝，我还未见过第二人。他养过鸟，养过蟋蟀。他用钻石刀把玻璃裁成小片，再用胶水一片一片逗拢粘固，做成小船、小亭子、八面玲珑绣球，在里面养金铃子——一种金色的小昆虫，磨翅发声如金铃。我父亲真是一个聪明人。如果我还不算太笨，大概跟我从父亲那里接受的遗传因子有点关系。我的审美意识的形成，跟我从小看他作画有关。

我父亲是个随便的人，比较有同情心，能平等待人。我十几岁时就和他对座饮酒，一起抽烟。他说："我们是多年父子成兄弟"。他的这种脾气也传给了我。不但影响了我和家人子女、朋友后辈的关系，而且影响了我对我所写的人物的态度以及对读者的态度。

我的小学和初中是在本县读的。

小学在一座佛寺的旁边，原来即是佛寺的一部分。我几乎每天放学都要到佛寺里逛一逛，看看哼哈二将、四大天王、释迦牟尼、迦叶阿难、十八罗汉、南海观音。这些佛像塑得很生动。这是我的雕塑艺术馆。

从我家到小学要经过一条大街，一条曲曲弯弯的巷子。我放学回家喜欢东看看，西看看，看看那些店铺、手工作坊、布店、酱园、杂货店、爆仗店、烧饼店、卖石灰麻刀的铺子、染坊……我到银匠店里去看银匠在一个模子上錾出一个小罗汉，到竹器厂看师傅怎样把一根竹竿做成筢草的筢子，到车匠店看车匠用硬木车旋出各种形状的器物，看灯笼铺糊灯笼……百看不厌。有人问我是怎样成为一个作家的。我说这跟我从小喜欢东看看西看看有关。这些店铺、这些手艺人使我深受感动，使我闻嗅到一种辛劳、笃实、轻甜、微苦的生活气息。这一路的印象深深注入我的记忆，我的小说有很多篇写的便是这座封闭的、退色的小城的人事。

初中原是一个道观,还保留着一个放生鱼池。池上有飞梁(石桥),一座原来供奉吕洞宾的小楼和一座小亭子。亭子四周长满了紫竹(竹竿深紫色)。这种竹子别处少见。学校后面有小河,河边开着野蔷薇。学校挨近东门,出东门是杀人的刑场。我每天沿着城东的护城河上学、回家,看柳树,看麦田,看河水。

我自小学五年级至初中毕业,教国文的都是一位姓高的先生。高先生很有学问,他很喜欢我。我的作文几乎每次都是"甲上"。在他所授古文中,我受影响最深的是明朝大散文家归有光的几篇代表作。归有光以轻淡的文笔写平常的人物,亲切而凄婉。这和我的气质很相近,我现在的小说里还时时回响着归有光的余韵。

我读的高中是江阴的南菁中学。这是一座创立很早的学校,至今已有百余年历史。这个学校注重数理化,轻视文史。但我买了一部词学丛书,课余常用毛笔抄宋词,既练了书法,也略窥了词意。词大都是抒情的,多写离别。这和少年人每易有的无端感伤情绪易于相合。到现在我的小说里还带有一点隐隐约约的哀愁。

读了高中二年级,日本人占领了江南,江北危急。我随祖父、父亲在离城稍远的一个村庄的小庵里避难。在庵里大概住了半年。我在《受戒》里写了和尚的生活。这篇作品引起注意，不少人问我当过和尚没有。我没有当过和尚。在这座小庵里我除了带了准备考大学的教科书，只带了两本书，一本《沈从文小说选》，一本屠格涅夫的《猎人日记》。说得夸张一点，可以说这两本书定了我的终身。这使我对文学形成比较稳定的兴趣，并且对我的风格产生深远的影响。我父亲也看了沈从文的小说，说："小说也是可以这样写的？"我的小说也有人说是不像小说，其来有自。

一九三九年，我从上海经香港、越南到昆明考大学。到昆明，得了一场恶性疟疾，住进了医院。这是我一生第一次住院，也是唯一的一次。高烧超过四十度。护士给我注射了强心针，我问她："要不要写遗书？"我刚刚能喝一碗蛋花汤，晃晃悠悠进了考场。考完了。一点把握没有。天保佑，发了榜，我居然考中了第一志愿：西南联大中国文学系！

我成不了语言文字学家。我对古文字有兴趣的只是它的美术价值——字形。我一直没有学会国际音标。我不会成为文学史研究者或文学理论专家，我上课很少记笔记，并且时常缺课。我只能从兴趣出发，随心所欲，乱七八糟地看一些书。白天在茶馆里，夜晚在系图书馆。于是，我只能成为一个作家了。

不能说我在投考志愿书上填了西南联大中国文学系是冲着沈从文去的,我当时有点恍恍惚惚,缺乏任何强烈的意志。但是"沈从文"是对我很有吸引力的,我在填表前是想到过的。

沈先生一共开过三门课:各体文习作、创作实习、中国小说史,我都选了。沈先生很欣赏我。我不但是他的入室弟子,可以说是得意高足。

沈先生实在不大会讲课。讲话声音小,湘西口音很重,很不好懂。他讲课没有讲义,不成系统,只是即兴的漫谈。他教创作,反反复复,经常讲的一句话是:要贴到人物来写。很多学生都不大理解这是什么意思。我是理解的。照我的理解,他的意思是:在小说里,人物是主要的,主导的,其余的都是次要的,派生的。作者的心要和人物贴近,富同情,共哀乐。什么时候作者的笔贴不住人物,就会虚假。写景,是制造人物生活的环境。写景处即是写人,景和人不能游离。常见有的小说写景极美,但只是作者眼中之景,与人物无关。这样有时甚至会使人物疏远。即作者的叙述语言也须和人物相协调,不能用知识分子的语言去写农民。我相信我的理解是对的。这也许不是写小说唯一的原则(有的小说可以不着重写人,也可以有的小说只是作者在那里发议论），但是是重要的原则。至少在现实主义的小说里，这是重要原则。

沈先生每次进城（为了躲日本飞机空袭，他住在昆明附近呈贡的乡下，有课时才进城住两三天），我都去看他。还书、借书、听他和客人谈天。他上街，我陪他同去，逛寄卖行，旧货摊，买耿马漆盒，买火腿月饼。饿了，就到他的宿舍对面的小铺吃一碗加一个鸡蛋的米线。有一次我喝得烂醉，坐在路边，他以为是一个生病的难民，一看，是我！他和几个同学把我架到宿舍里，灌了好些酽茶，我才清醒过来。有一次我去看他，牙疼，腮帮子肿得老高，他不说一句话，出去给我买了几个大橘子。

我读的是中国文学系，但是大部分时间是看翻译小说。当时在联大比较时髦的是 A.纪德，后来是萨特。我二十岁开始发表作品。外国作家我受影响较大的是契诃夫，还有一个西班牙作家阿索林。我很喜欢阿索林，他的小说像是覆盖着阴影的小溪，安安静静的，同时又是活泼的、流动的。我读了一些弗金妮亚·沃尔芙的作品，读了普特斯特小说的片段。我的小说有一个时期明显地受了意识流方法的影响，如《小学校的钟声》、《复仇》。

离开大学后，我在昆明郊区一个联大同学办的中学教了两年书。《小学校的钟声》和《复仇》便是这时写的。

当时没有地方发表。后来由沈先生寄给上海的《文艺复兴》，郑振铎先生打开原稿，发现上面已经叫蠹虫蛀了好些小洞。

一九四六年初秋，我由昆明到上海。经李健吾先生介绍，到一个私立中学教了两年书。一九四八年初春离开。这两年写了一些小说，结为《邂逅集》。

到北京，失业半年，后来到历史博物馆任职。陈列室在午门城楼上，展出的文物不多，游客寥寥无几。职员里住在馆里的只有我一个人。我住的那间据说原是锦衣卫值宿的屋子。为了防火，当时故宫范围内都不装电灯，我就到旧货摊上买了一盏白瓷罩子的古式煤油灯。晚上灯下读书，不知身在何世。北京一解放，我就报名参加了四野南下工作团。

我原想随四野一直打到广州，积累生活，写一点刚劲的作品。不想到武汉就被留下来接管文教单位，后来又被派到一个女子中学当副教导主任。一年之后，我又回到北京，到北京市文联工作。一九五四年，调中国民间文艺研究会。

自一九五〇年至一九五八年，我一直当文艺刊物编辑。编过《北京文艺》、《说说唱唱》、《民间文学》。我对民间文学是很有感情的。民间故事丰富的想象和农民式的幽默，民歌的比喻新鲜和韵律的精巧使我惊奇不置。但我对民间文学的感情被割断了。一九五八年，我被错划成右派，下放到长城外面的一个农业科学研究所劳动，将近四年。

这四年对我来说是很重要的。我和农业工人（即是农民）一同劳动，吃一样的饭，晚上睡在一间大宿舍里，一铺大炕（枕头挨着枕头，虱子可以自由地从最东边一个人的被窝里爬到最西边的被窝里）。我比较切实地看到中国的农村和中国的农民是怎么回事。

一九六二年初，我调到北京京剧团当编剧，一直到现在。

我二十岁开始发表作品，今年六十九岁，写作时间不可谓不长。但我的写作一直是断断续续，一阵一阵的，因此数量很少。过了六十岁，就听到有人称我为"老作家"，我觉得很不习惯。第一，我不大意识到我是一个作家；第二，我没有觉得我已经老了。近两年逐渐习惯了。有什么办法呢，岁数不饶人。杜甫诗："座下人渐多"。现在每有宴会，我常被请到上席，我已经出了几本书，有点影响。再说我不是作家，就有点矫情了。我算什么样的作家呢？

我年轻时受过西方现代派的影响，有些作品很"空灵"，甚至很不好懂。这些作品都已散失。有人说翻翻旧报刊，是可以找到的。劝我搜集起来出一本书。我不想干这种事。实在太幼稚，而且和人民的疾苦距离太远。我近年的作品渐趋平实。在北京市作协讨论我的作品的座谈会上，我作了一个简短的发言，题为"回到民族传统，回到现实主义"[1]，这大体上可以说是我现在的文学主张。我并不排斥现代主义。每逢有人诋毁青年作家带有现代主义倾向的作品时，我常会为他们辩护。我现在有时也偶尔还写一点很难说是纯正的现实主义的作品，比如《昙花、鹤和鬼火》，就是在通体看来是客观叙述的小说中有时还夹带一点意识流片段，不过评论家不易察觉。我的看似平常的作品其实并不那么老实。我希望能做到融奇崛于平淡，纳外来于传统，不今不古，不中不西。

我是较早意识到要把现代创作和传统文化结合起来的。和传统文化脱节，我以为是开国以后，五十年代文学的一个缺陷。——有人说这是中国文化的"断裂"，这说得严重了一点。有评论家说我的作品受了两千多年前的老庄思想的影响，可能有一点。我在昆明教中学时案头常放的一本书是《庄子集解》。但是我对庄子感极大的兴趣的，

---

[1] 一九八二年十二月举行的"北京市部分作家作品讨论会"上，作者发言题为《回到现实主义，回到民族传统》，后刊于《北京文学》一九八三年第二期。——编者注

主要是其文章,至于他的思想,我到现在还不甚了了。我自己想想,我受影响较深的,还是儒家。我觉得孔夫子是个很有人情味的人,并且是个诗人。他可以发脾气,赌咒发誓。我很喜欢《论语·子路曾晳冉有公西华侍坐章》。他让在坐的四位学生谈谈自己的志愿,最后问到曾晳(点)。

"点,尔何如?"

鼓瑟希,铿尔,舍瑟而作,对曰:"异乎三子者之撰。"

子曰:"何伤乎?亦各言其志也。"

曰:"暮春者,春服既成,冠者五六人,童子六七人,浴乎沂,风乎舞雩,咏而归。"

夫子喟然叹曰:"吾与点也。"

这写得实在非常美。曾点的超功利的率性自然的思想是生活境界的美的极至。

我很喜欢宋儒的诗:

万物静观皆自得,

四时佳兴与人同。

说得更实在的是:

顿觉眼前生意满,

须知世上苦人多。

我觉得儒家是爱人的,因此我自诩为"中国式的人道主义者"。

我的小说似乎不讲究结构。我在一篇谈小说的短文中，说结构的原则是：随便。有一位年龄略低我的作家每谈小说，必谈结构的重要。他说："我讲了一辈子结构，你却说：随便！"我后来在谈结构的前面加了一句话："苦心经营的随便"，他同意了。我不喜欢结构痕迹太露的小说，如莫泊桑，如欧·亨利。我倾向"为文无法"，即无定法。我很向往苏轼所说的："如行云流水，初无定质，但常行于所当行，常止于所不可不止，文理自然，姿态横生。"我的小说在国内被称为"散文化"的小说。我以为散文化是世界短篇小说发展的一种（不是唯一的）趋势。

我很重视语言，也许过分重视了。我以为语言具有内容性。语言是小说的本体，不是外部的，不只是形式、是技巧。探索一个作者气质、他的思想（他的生活态度，不是理念），必须由语言入手，并始终浸在作者的语言里。语言具有文化性。作品的语言映照出作者的全部文化修养。语言的美不在一个一个句子，而在句与句之间的关系。包世臣论王羲之字，看来参差不齐，但如老翁携带幼孙，顾盼有情，痛痒相关。好的语言正当如此。语言像树，枝干内部液汁流转，一枝摇，百枝摇。语言像水，是不能切割的。一篇作品的语言，是一个有机的整体。

我认为一篇小说是作者和读者共同创作的。作者写了，读者读了，创作过程才算完成。作者不能什么都知道，都写尽了。要留出余地，让读者去捉摸，去思索，去补充。中国画讲究"计白当黑"。包世臣论书以为当使字之上下左右皆有字。宋人论崔颢的《长干歌[1]》"无字处皆有字"。短篇小说可以说是"空白的艺术"。办法很简单：能不说的话就不说。这样一篇小说的容量就会更大了，传达的信息就更多。以己少少许，胜人多多许。短了，其实是长了。少了，其实是多了。这是很划算的事。

我这篇"自报家门"实在太长了。

一九八八年三月廿日

---

[1] "长干歌"应为"长干曲"。——编者注

桥没有了,也无妨

一九八三年八月,汪曾祺一家从甘家口搬到丰台区蒲黄榆路九号楼十二层一号,一套三居室,是夫人施松卿单位新华社分的宿舍楼,也是"文革"后北京最早建造的高层居民楼。直到一九九六年二月再搬到虎坊桥福州馆前街经济日报社宿舍楼——他的儿子汪朗单位分配的房子,汪曾祺在蒲黄榆住了近十三年。

"蒲黄榆"地名,为东蒲桥、黄土坑、榆树村各取一字组成。后来东蒲桥改建作大型立交桥"玉蜓桥",黄土坑成为大片店铺,再后来榆树村也没有了,变成了方庄小区;但"蒲黄榆"三个字深深嵌入汪曾祺的创作,成为一个绕不开的标志词。他一九八五年写的一组小说《桥边小说三篇》,后记中说:

我现在住的地方叫做蒲黄榆。曹禺同志有一次为一点事打电话给我，顺便问起："你住的地方的地名怎么那么怪？"我搬来之前也觉得这地名很怪："捕黄鱼？——北京怎么能捕得到黄鱼呢？"后来经过考证，才知道这是一个三角地带，"蒲黄榆"是三个旧地名的缩称。"蒲"是东蒲桥，"黄"是黄土坑，"榆"是榆树村。这犹之"陕甘宁"、"晋察冀"，不知来历的，会觉得莫名其妙。我的住处在东蒲桥畔，因此把这三篇小说题为《桥边小说》，别无深意。

一九八六年写的两篇散文《午门忆旧》、《玉渊潭的传说》，总题为《桥边散文》。甚至一九八九年由作家出版社出版的第一本散文集《蒲桥集》，书名也由地名而来。《蒲桥集》定名之前，曾考虑过叫《桥边集》。汪曾祺一九八八年七月八日致古剑信中说："作家出版社的《桥边集》说是年底出书，但大陆出版社出书照例是要拖延的。此书如有校样，当尽快寄你一份。"《蒲桥集》出版之后，出版社大约考虑过再为他出续集，一九九二年七月二十六日致陆建华信："我年内还要编三四本书：《汪曾祺散文随笔选》（辽宁）、《汪曾祺随笔精品》（陕西人民出版社）、《蒲桥二集》（作家出版社）……文集只能先做点准备工作，具体编选要等明年始能动手。"

《蒲桥集》是汪曾祺第一本真正意义上的散文集,他的"散文观"在这本书中有最集中的体现。

此集初版本封面上,有作者自撰的广告词:

> 齐白石自称诗第一,字第二,画第三。有人说汪曾祺的散文比小说好,虽非定论,却有道理。
>
> 此集诸篇,记人事、写风景、谈文化、述掌故,兼及草木虫鱼、瓜果食物,皆有情致。间作小考证,亦可喜。娓娓而谈,态度亲切,不矜持作态。文求雅洁,少雕饰,如行云流水。春初新韭,秋末晚菘,滋味近似。

关于这两段文字,汪曾祺后来自己"招认":"这实在是老王卖瓜。'春初新韭,秋末晚菘',吹得太过头了。广告假装是别人写的,所以不脸红。如果要我自己署名,我是不干的。现在老实招供出来(老是有人向我打听,这广告是谁写的,不承认不行),是让读者了解我的'散文观'。这不是我的成就,只是我的追求。"(《〈汪曾祺文集〉自序》)

除了散文代表作,《蒲桥集》还收入了两组系列文章:在《滇池》杂志陆续发表的"昆明忆旧";一九八七年《北京文学》杂志封二的专栏《草木闲篇》。但《蒲桥集》出版时,这两组文章尚未全部写出,故不完整。在《蒲桥集》

基础上新编的这本《桥边散文》，则可完整收入"昆明忆旧"八篇，"草木闲篇"十一篇。《北京晚报》一九八六年六月起为汪曾祺开的专栏《桥边杂记》，多是几百字的短文，清新隽永，因冠以"桥边"，一并收入本集。

《蒲桥集》自序中说："东蒲桥在修立交桥，修成后是不是还叫东蒲桥，不知道。不过好赖总还是有一座桥的。即使桥没有了，叫做《蒲桥集》，也无妨。"这是汪曾祺一九八八年六月十日写下的文字。整整三十二年过去，蒲黄榆变成了一个抽象的地名，他的文字还活在书里，活在读者中，而且生机勃勃。

李建新
二〇二〇年六月二十七日

图书在版编目（CIP）数据

桥边散文 / 汪曾祺著. —杭州：浙江文艺出版社，2020.12
（汪曾祺别集）
ISBN 978-7-5339-6267-8

Ⅰ.①桥… Ⅱ.①汪… Ⅲ.①散文集－中国－当代 Ⅳ.① I267

中国版本图书馆 CIP 数据核字 (2020) 第 204510 号

桥边散文　　汪曾祺　著

出版策划	星汉文章　读蜜传媒				
出版统筹	金马洛	选题策划	李建新	责任编辑	瞿昌林
装帧设计	生生书房	排版制作	胡亚超	责任印制	张丽敏

出版发行	浙江文艺出版社
网　　址	www.zjwycbs.cn
联系电话	0571-85152727（发行部）
经　　销	浙江省新华书店集团有限公司
印　　刷	浙江新华数码印务有限公司
开　　本	787 毫米 ×1092 毫米　1/32　　字　数　168 千字
印　　张	10　　　　　　　　　　　　　　插　页　4
版　　次	2020 年 12 月第 1 版
印　　次	2020 年 12 月第 1 次印刷
书　　号	ISBN 978-7-5339-6267-8
定　　价	38.00 元

版权所有　违者必究

（如有印装质量问题，请寄承印单位调换）